Mystery Cut Edition

ミステリー・カット版

# カラマーゾフの兄弟

The Brothers Karamazov

ドストエフスキー 著

Dostoyevsky

頭木弘樹 編訳

Hiroki Kashiragi

春秋社

ミステリー・カット版

# カラマーゾフの兄弟

ドストエフスキイを
スリルの作家などと云《い》っては
大方《おおかた》のお叱《しか》りを受けるかも知れないけれど、
試《こころ》みにそういう角度から眺《なが》めてごらんなさい。
どの作品を取ってもいい。
諸君《しょくん》はきっと、
その一冊がスリルの宝の山であることを
発見されるに違《ちが》いない。

江戸川乱歩《えどがわらんぽ》『スリルの説』

# はじめに　ドストエフスキーをミステリー・カットする

## おいしいけど大きすぎるステーキをカットして食べる

どんなにおいしいステーキでも、大きさが畳《たたみ》一畳《じょう》分もあったら、たいていの人は、食べる前から、うっとくるでしょう。

大きいのがすごいところだとしても、最初からそれはきつすぎます。

ドストエフスキーの小説には、そういうところがあると思います。

すごくおいしい（面白い）という評判はよく聞いている。

でも、食べきれない（読みきれない）という評判もよく耳にする。

けっきょく、「いつか機会があったら」ということになってしまう。

あるいは、挑戦してみても途中でギブアップしてしまう。

あるステーキ屋さんでは、「トーキョー・カット」とか、いろんなカットの仕方をして食べやすく楽しませてくれるそうです。

小説でもそういうことができないものでしょうか？


じつはドストエフスキーはそれが可能なのです。

しかも、とびきりのカットの仕方があります！

それが「ミステリー・カット」です。


**ドストエフスキーはミステリーとしても極上**

「ドストエフスキーはミステリーとしても面白い」

という話をお聞きになったことはないでしょうか？

これは江戸《えど》川乱歩《がわらんぽ》だけでなく、いろんな人が言っています。

ドストエフスキーの作品は、ミステリー小説としても極上なのです。

犯行シーンは手に汗を握りますし、犯人が誰なのかという謎も強烈ですし、トリックも見事です。

取り調べのシーンは映画『ユージュアル・サスペクツ』のように二転三転しますし、裁判のシーンはこれも法廷ものの映画のようで、しかも最後に二度もどんでん返しがあります。

つまり、フーダニット（犯人は誰か？）、ハウダニット（どうやってやったのか？）、ホワイダニット（なぜやったのか？）というミステリーの三大要素に加えて、取り調べ対決ものの面白さもあり、法廷ものの面白さもあり、さらにラストにどんでん返しまでついているわけです。

びっくりするほど、娯楽性たっぷりなのです！

## 何度も挫折した『カラマーゾフの兄弟』

私はドストエフスキーのミステリー・カットを、もうずいぶん前からやってみたいと思っていました。

構想十年どころではないです。

というのも、私自身、何度もドストエフスキーに挑戦しては挫折《ざせつ》しました。『カラマーゾフの兄弟』なんか、最初に読んだときには、冒頭の「作者より」という、まえがきの途中で、挫折しました……。

いくらなんでも早すぎですが、なにしろ作者自身が、「読者はすでに……役に立たない言葉をむやみに並べて、貴重な時間を浪費するのかと、私に対して腹を立てたであろう」と書いているほどです。

実際、その通りで、もうすでにくどくどしていて、いつまで続くのだと、朝礼の校長先生の長すぎる訓示や、結婚式のつまらないスピーチのようにいらいらさせられました。

「自分はこれがよけいなものであるということにまったく同感」という作者自身の言葉に、私もまったく同感でした。

しかし、五回目くらいに挑戦したとき、ついに最後まで読めました。というのも、ミステリー部分まで到達すると、とてつもなく面白くて、逆に読むのをやめられないほどなのです。

ここまで到達しない前にやめてしまう人が多いのは、もったいないなーと、しみじみ思いました（私自身がそうだったわけですが）。

「『カラマーゾフの兄弟』の最初の百ページを十回読んだことがある」という人がいて、つい笑ってしまったこともあります。もちろん、共感の笑いです。

なので、ミステリー部分だけを取り出して、一冊にしてみたいという気持ちはずいぶん前からありました。

それが可能だということもわかっていました。ドストエフスキーはミステリーとしてもじつにちゃんと書いているのです。

## 春秋社創業百周年の特別企画

では、なぜもっと前にドストエフスキーのミステリー・カットに挑戦しなかったかというと、恥ずかしながら、非難が怖かったからです。

天下の大名作を、勝手にカットする。これはなかなかできることではありません。

それでずっと勇気が出ないままだったところに、今回、春秋社さんから、こういうご依頼がありました。

「春秋社は創業百周年を迎えました。わが社はトルストイ全集とドストエフスキー全集からスタートしました。つきましては、ドストエフスキーで何か百周年にふさわしいような、記念になる本ができないものでしょうか？」

これを聞いた瞬間、もうやるならこの機会しかない！　と思いました。百年続くというのは大変なことです。大老舗《しにせ》です。そのお祭りの一環《いっかん》としてなら、ドストエフスキーのミステリー・カットも許されるのではないか？ ここで勇気を出さないと、こんな機会は、それこそ百年に一度かもしれません！

そこでついに挑戦したのが、本書です。やるからには、これまで考えていたことを、すべて投入して、自分なりに完璧なものにしたつもりです。

**ミステリー・カットなんかしていいのか？**

なぜ非難されると思ったのか？
長編の抄訳なら、これまでにも、いくらでもあります。

ただ、ミステリー部分だけを取り出すというかたちでの抄訳は、これまで例がありません。

はたして、そういうことが許されるのか？

「許されるわけないだろ！」という方もたくさんおられるでしょう。もっともなことです。ドストエフスキーの小説は、たんなるミステリー小説ではありません。

しかし、ミステリー部分が全体の骨格なのも、また間違いありません（『カラマーゾフの兄弟』は、ドストエフスキー自身が、身近に体験した二つの父親殺しの事件が元になっています。このことについては、ネタバレにもなるので、「あとがき」でくわしく書きます）。

その骨格に、さまざまに肉付けがされています。脳とか内臓とか筋肉とかが足されて、それらが関連し合って生きているわけです。そちらのほうが肝心です。

「その肝心の部分をすべてそぎ落としてしまったのでは、なんにもならないだろ！」というのは、もうまったくその通りなのです。

ただ、骨格標本というのは、それはそれで完結していて、意義のあるものです。

ミステリー・カット版のドストエフスキーの小説にも同じことが言えます。

それだけでも成り立っていて、とびきり面白く、小説全体の骨格を知るにはもってこいなのです。

## 大きな森を歩くための地図

「でも、ミステリー部分だけ先に読んで、犯人とか、結末とか、どんでん返しまで知ってしまったら、もう全体を読む気がしなくなるのでは？」

と心配になる人もおられるかもしれません。

しかし、それがじつは、まったく逆なのです！

ドストエフスキーが読みにくいのは、いったいどこに行くのかがわからなくなってしまうからです。

『カラマーゾフの兄弟』でも、わき役かと思っていたゾシマ長老の話が、えんえんと、普通の長編小説一冊分くらい続いたりして、いったいこれはどうなっているのかと不安になります。

たとえて言うと、大きな森の中で迷ってしまうようなものです。どこまで行けば、本来の道に戻れるのか、さっぱりわかりません。苦しいばかりで、目の前の木や花を楽しむゆとりもなくなってしまうのです。

ミステリー部分を先に知ることで、全体の道筋がわかります。どこがわき道で、この先どうなるのか、あらかじめ森全体の地図を渡されるようなものです。

そうすると、迷い込んだようになってしまっても、あわてることはありません。目の前の木や花や鳥の声や川のせせらぎを、余裕を持って楽しむことができます。

また、ミステリーに関する結末はわかっていても、先にも述べたように、ドストエフスキーの小説はたんなるミステリーではないので、その面白さが減ることはありません。むしろ、ミステリー的な部分がわかっているからこそ、他の部分をじっくり楽しめるようになります。

なにしろ、昔のある『カラマーゾフの兄弟』の翻訳では、挟《はさ》み込んである栞《しおり》に登場人物紹介が書いてあったのですが、ある人物の紹介のところに「犯人」とはっきり書いてあったほどです。

さすがにそれはやりすぎだとは思いますが、犯人が先にわかっていても、面白さはまったく減らないという確信があるからこそでしょう。

私自身、『カラマーゾフの兄弟』をいったん読み終えてからは、もう何度も読み返しています。

一度目は、本当に読むのが大変なのですが、二回目からはとても楽ですし、ますます面白いのです。

ですから、このミステリー・カット版の『カラマーゾフの兄弟』を読んだ後のほうが、『カラマーゾフの兄弟』全編を、より楽に、さらに面白く読めるはずです。

そのことは実体験から確信しています。

## 春秋社版『ドストイエフスキー全集』の広津和郎の翻訳

先に書きましたように、百周年を迎えた春秋社は、その最初期にドストエフスキー全集を出しています。

創業が大正七年で、ドストエフスキー全集の刊行が大正九年。

大正六年に新潮社から刊行されたのが、日本で最初のドストエフスキー全集ですが、こ

『ドストイエフスキー全集』春秋社

れはじつは選集で、本格的な全集はこの春秋社が初めてです（春秋社内、ドストイエフスキー全集刊行会発行）。『作家の日記』や『書簡』や未発表の資料まで網羅した、画期的なものだったようです。

その全集の中で、作家の広津和郎が『カラマーゾフの兄弟』を訳しています。英訳されたものの重訳です。

私はまず、これを読んでみました。春秋社の書庫に眠っていたのですが、なんと背表紙はロシア語。原書にしか見えません。当時の翻訳書はすごいですね！

その写真を掲載します（戦災で社屋《しやおく》ごと消失してしまったのですが、戦後、社主が古本屋で探して見つけ、保管しておいたものだそうです）。

古い翻訳ですし、英訳からの重訳ですし、

あまり期待していなかったのですが、さすがに小説家の広津和郎の訳で、これがじつに素晴らしいんです。驚きました。

現在に至るまでに『カラマーゾフの兄弟』の邦訳はたくさんありますが、それらと比べてみても見劣りがすることはなく、むしろ影響を与えているようにさえ思えました。

この広津和郎の訳によって、英訳からの重訳でもほぼ問題がないということもわかりました。とくに今回の企画の場合には、まったく問題がないということが。

私はロシア語がまるでわからないので、そのこともドストエフスキーに手が出せなかった理由のひとつです。

今回は、プロジェクト・グーテンベルクで公開されている、コンスタンス・ガーネットの『カラマーゾフの兄弟』の英訳を底本としました（http://www.gutenberg.org/files/28054/28054-h/28054-h.html）。

そして、広津和郎の訳を筆頭に、たくさんの邦訳にも目を通し、参考にさせていただきました。

どの邦訳もそれぞれに素晴らしく、あらためて感じ入りました。

（参考にさせていただいた邦訳については、「あとがき」でご紹介します）

## 切って、つないで、編集

本書は、完全に忠実な翻訳ではありません。

ミステリー・カットをしているわけですが、間をカットして、そのままつなぐだけでは、さすがにぎこちなくなってしまうので、文章を前後させたり、別のところの文章を持ってきたり、間に説明を加えたり、そういうこともしています。

ひとつの文の中でも一部をカットして、短くしている場合があります（ドストエフスキーの文章はくどくどと同じことを何度もくり返すのが特徴で、それがまたよかったりもするのですが）。

また、読みやすさを優先して、かなり意訳もしております。

そういう意味では翻案に近いかもしれません（翻案については「あとがき」で書きます）。

ただ、勝手にすべて書き直してあるわけではなく、基本的には編集です。元はドストエフスキーの小説であり、文章です。

その素晴らしさをじっくり味わっていただきたいと思います。

なお、登場人物の名前はすべて、ひとりひとつに統一しました。

原文では、同じ人物を何種類にも言い分けています。たとえは、本書ではミーチャとのみ表記している、カラマーゾフ家の長男は、正式にはドミートリー・フョードロウィチ・カラマーゾフで、ミーチャと呼ばれたり、ミーチカと呼ばれたりします。登場人物の全員がこうなのですから、なかなか混乱させられます。

名前をひとつにするというのは、亀山郁夫さんが光文社古典新訳文庫の『カラマーゾフの兄弟』で初めてやられたことだと思います。これはとても素晴らしいアイディアです。格段に読みやすくなります。

今回は、これを踏襲《とうしゅう》させていただき、さらに徹底しました。亀山郁夫さんの翻訳では、たとえばミーチャが、裁判などで正式に名前を呼ばれるときには、ドミートリー・カラマーゾフと表記しています。もちろん、これが正しいです。ミーチャは愛称だからです。でも、本書ではミーチャのみを使いました。

本書は、まだドストエフスキーを読んだことがなく、もしかするとこのまま読まなかったかもしれない人にこそ読んでいただきたいと思っています。

なので、読みやすさを最優先しました。

それでもなお、ロシア人の名前は覚えにくいです。弁護人のフェチュコーヴィチなど、とくに。ちゃんと覚える必要はまったくありません。「弁護人のフなんとか」くらいで充分です。

## ドストエフスキーの試食をどうぞ

というわけで、ご批判もおありかとは思いますが、私としては、ドストエフスキーの入門編として、こういう本もあってもいいのではないかと思っています。フルコースしかないレストランというのは、やはり敷居《しきい》が高いと思うのです。お手軽なランチなどで試食ができてこそ、フルコースに挑戦する意欲もわくというものです。

このミステリー・カット版で試食して、面白いと思われた方は、ぜひ『カラマーゾフの兄弟』全編をお読みになってみてください。

本書の後だと、意外なほど読みやすくなっていて、本書になかった部分の面白さを、じっくり堪能《たんのう》できるはずです。

江戸川乱歩《えどがわらんぽ》は、さらにこう書いています。

私はドストエフスキイだけは何度でも読み返す。
何度読み返しても飽《あ》きないのは、
私の好きでたまらないスリルの魅力に充《み》ち満《み》ちているからだと、
大胆《だいたん》に云《い》い切っても差支《さしつか》えない程《ほど》に考えている。

ドストエフスキイは
「スリルの悪魔」であり、
「スリルの神様」である。

江戸川乱歩『スリルの説』

# 登場人物紹介

## カラマーゾフ家（父親と三人の兄弟）

●フョードル・カラマーゾフ……父親。一代で財を成した地主。強欲で好色。先妻も後妻も亡くし、今は独身で、親子ほど歳のちがう若いグルーシェンカに言い寄っている。

●ミーチャ・カラマーゾフ……長男。先妻の子。退役軍人。野生的で情熱的。遊び好きで、かっとなりやすいが、表裏がなく、高潔な心の持ち主でもある。カチェリーナという婚約者があるが、グルーシェンカに夢中になっている。二十八歳。

●イワン・カラマーゾフ……次男。後妻の子。シニカルで知的。大学を出て、新聞や雑誌に文章を発表し、その独自の思想で、多くの人に衝撃を与える。ミーチャの婚約者であるカチェリーナを愛している。二十四歳。

●アリョーシャ・カラマーゾフ……三男。イワンと同じく後妻の子。町の修道院のゾシマ長老を尊敬し、修道僧となる。ゾシマ長老の死後は、修道院を出る。誰からも愛され、信用される純真な青年。二十歳。

## カラマーゾフ家の召使《めしつかい》（三人）

●グリゴーリイ……長年、フョードルに仕えている老人。頑固《がんこ》な正直者。

●マルファ……グリゴーリイの妻。

●スメルジャコフ……母親がカラマーゾフ家の庭に入りこみ、彼を産み落とし、亡くなる。グリゴーリイとマルファの夫婦に育てられる。父親はわからないが、フョードルではないかと噂《うわさ》されている。フョードルが落としたお金を盗まなかったことから、フョードルに信頼されている。カラマーゾフ家の料理人を務《つと》めている。てんかんの持病がある。二十四、五歳。

## 恋人たち

●カチェリーナ……誇り高い令嬢《れいじょう》。ミーチャの婚約者。しかし、イワンを愛するようになる。二十歳前後。

●グルーシェンカ……妖艶《ようえん》で奔放《ほんぽう》な美女。カラマーゾフ家の父親フョードルと長男のミーチャの両方から言い寄られている。男たちをもてあそぶ悪女の面もあれば、純粋でいちずな面もある。二十二歳。

## 司法関係

●警察署長　マカーロフ
●予審判事　ネリュードフ
●検事（本当は検事補）　イポリート
●弁護士　フェチュコーヴィチ

# 登場人物相関図

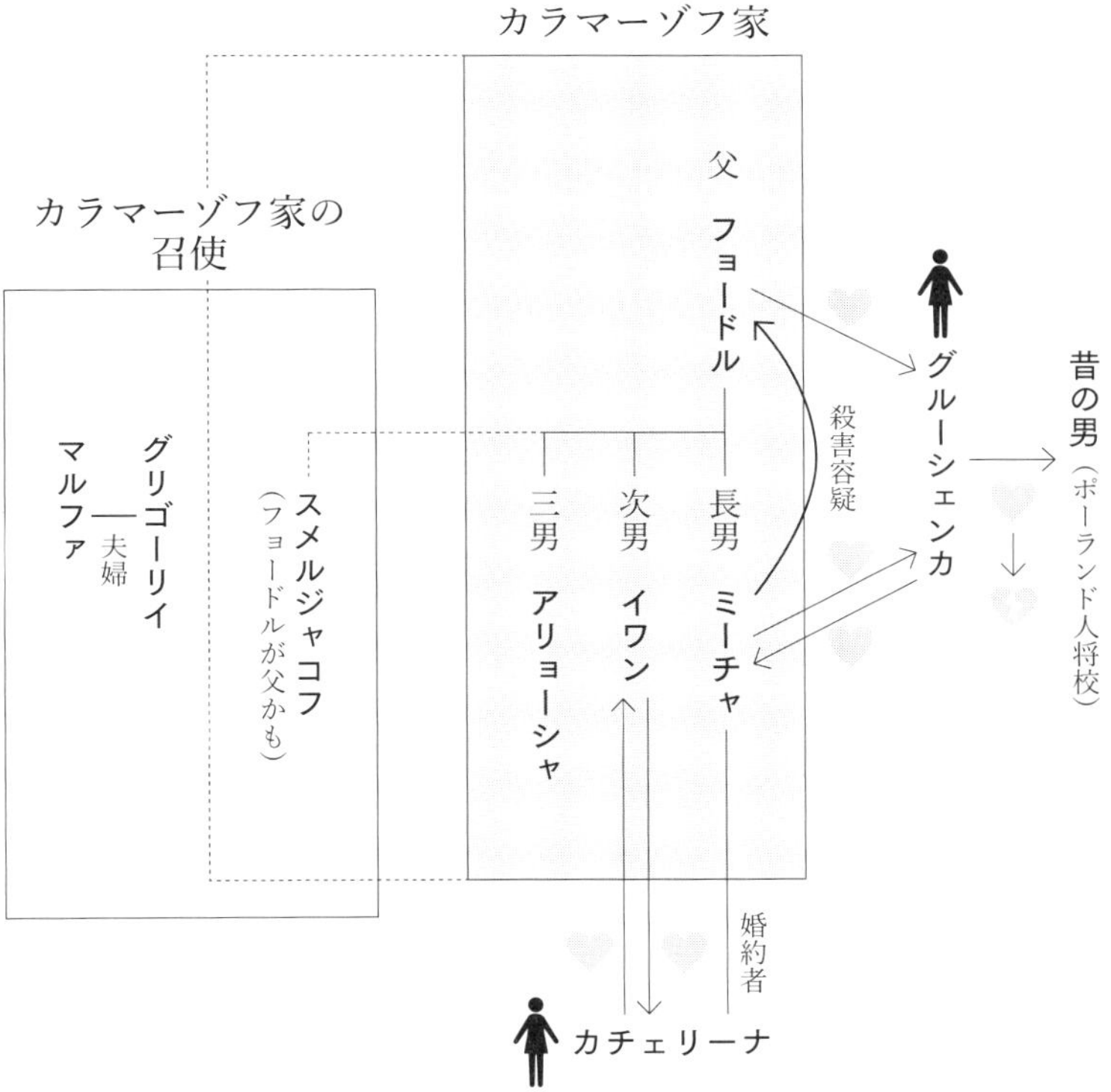
カラマーゾフ家
父　フョードル
長男　ミーチャ
次男　イワン
三男　アリョーシャ
カラマーゾフ家の召使
グリゴーリイ
マルファ
夫婦
スメルジャコフ
（フョードルが父かも）
殺害容疑
グルーシェンカ
昔の男
（ポーランド人将校）
婚約者
カチェリーナ

# 目次

## 第3章　殺したのは誰なのか？　93

第1章

# 父親殺し

「父親殺し！」
近所中に響き渡るような大声で叫んだ。
しかし、その一声だけで、
まるで雷にでも打たれたように、
その場にどっと倒れた。

## 殺人の夜

ミーチャは闇《やみ》の中を走った。父親の家に向かって。

さまざまな考えが、心の中で渦《うず》を巻《ま》いては通り過ぎた。

街を駆《か》け抜け、父親のフョードル・カラマーゾフの屋敷の外をぐるりと回って、小さな橋を渡り、路地《ろじ》に飛びこんだ。

そこは人気《ひとけ》がなく、片側は野菜畑の生け垣《がき》で、もう一方がフョードルの屋敷の庭の塀《へい》だった。高くて頑丈《がんじょう》な塀だが、一カ所だけ乗り越えられそうなところがあった。昔、そこをよじのぼって、妊婦のリザヴェータがカラマーゾフ家の庭に入りこみ、スメルジャコフを産んだのだ。

『あの女に乗り越えることができたのなら、おれにだって』

ふとそんな考えが浮かんだ。

次の瞬間、彼は塀に飛びつき、上に手をかけると、たくましい両腕に力をこめて全身を持ち上げ、塀の上にまたがった。

母屋《おもや》の窓の灯《あか》りが見えた。

『親父の寝室に灯りがついている。彼女が、グルーシェンカが来ているんだ！』

ミーチャは塀から庭へ飛び下りた。老いた召使《めしつかい》のグリゴーリイは腰を痛めていて、若い召使のスメルジャコフも病気で、二人とも召使用の離《はな》れで寝こんでいる。誰にも気づかれる心配はなかった。

しかしそれでも、本能的に身をひそめ、じっと聞き耳を立てた。あたり一面、死んだように静まり返《かえ》り、風さえなかった。

『聞こえるのはただ静けさのささやきのみ』

そんな詩の一節がなぜか頭に浮かんだ。

彼は草の生えているところを選んで、そっと歩き出した。一歩一歩、足音を忍ばせ、耳をそばだてた。五分もかかって、灯りのついている窓のそばにようやくたどり着いた。窓の下にはこんもりとした茂《しげ》みがあった。

室内から庭に出る左側のドアはしっかり閉まっていた。その前を通るときに、彼はちゃんと確認しておいた。

茂みのかげに身をひそめて、息を殺した。

『ここでしばらくじっとしていよう。もしおれの足音に気づいて耳をすませていたとしても、空耳だと思わせないと』

二分ほど待った。心臓の鼓動が激しく打って、息が詰まりそうだった。

『ダメだ、動悸《どうき》がおさまりそうもない。もうこれ以上、待っていられない』

彼は茂《しげ》みのかげの暗がりにいた。茂みの前半分は窓の灯《あか》りに照らされていた。

「スイカズラの実がなんて赤いんだ!」

彼はなぜかそうつぶやいた。

それから、そっと窓のそばに歩み寄って、つま先立ちになった。

明るい部屋の中の様子はじつによく見えた。父親のフョードルの寝室だ。赤い衝立《ついたて》で二つに仕切られていた。

『あの衝立のむこうに、グルーシェンカがいるのか?』

フョードルは新しいシルクのガウンを着ていた。その下には、金の飾りボタンのついた薄手のシャツを着ているのがちらりと見える。

『老いぼれが、めかしこみやがって』

フョードルは何か物思いにふけっている様子で、窓の近くに立っていたが、ふいに頭を上げて、耳をすました。しかし、何も物音がしないので、テーブルのところに行って、コニャックをグラスに半分ほどついで、一気に飲みほした。深いため息をついて、またしばらく立っていたが、やがて壁にかかった鏡の前に行って、額の包帯を少し持ち上げて、まだ治りきらない傷の具合を調べはじめた。その傷は、先日ミーチャがつけたものだった。

『ひとりなのか？　どうもそんな様子だが……』

フョードルは鏡の前を離れると、急に窓のほうをふり向いて、外をじっと見た。

ミーチャはあわてて暗がりに飛びのいた。

『もしかすると、グルーシェンカは衝立の向こうで、もう寝ているのかもしれない』

そう考えると、胸に痛みが走った。

『いや、親父はグルーシェンカを待っているんだ。でなければ、わざわざ真っ暗な窓の外を見たりするはずがない。いつ来るかいつ来るかと、待ちかねて、落ち着かないんだ……』

フョードルは窓辺を離れた。ミーチャはまた窓に駆け寄り、中をのぞいた。

フョードルはテーブルのところにいた。ひどくがっかりした様子で座っていた。やがて頬杖《ほおづえ》をついた。ミーチャは食い入るように見つめていた。

『ひとりだ！　もしグルーシェンカが来ているんだったら、あんな顔をしているはずない』

しかし、確実とは言えない。グルーシェンカは来ているのか、来ていないのか？　それをはっきりさせることができず、彼の心は煮えくり返るようだった。

彼は意を決して、片手を伸ばして、窓枠をそっとノックした。

それは、フョードルと召使のスメルジャコフが取り決めていた合図だった。最初は二つ、ゆっくり、あとは三つ、速めにトントントンとたたく。グルーシェンカが来たら、スメルジャコフがそうやってフョードルに知らせることになっていたのだ。そのことをミーチャは、スメルジャコフから聞き出していた。

　フョードルはびくりとふるえ、さっと頭を上げると、窓のほうに走り寄ってきた。

　ミーチャはまた暗がりに飛びのいた。

　フョードルは窓を開けると、頭を外に突き出した。

「グルーシェンカ、おまえかい？　おまえなのかい？」

　フョードルはおびえたようなささやき声で言った。

「どこにいるんだい？　かわいい天使よ、どこだい？」

　フョードルはひどく興奮していて、息を切らしていた。

『ひとりだ！』

　ミーチャは確信した。

「いったいどこにいるんだい？」

　フョードルはさらに肩まで身を乗り出して、首を伸ばして左右を見まわした。

「こっちにおいで。いいものが用意してあるんだよ。見せてあげるから、おいで」

『三千ルーブルの金包みのことだな』とミーチャは思った。

「ほんとにどこにいるんだい？　ドアのほうかな？　いま開けるからね」

そう言うとフョードルは、窓から落ちそうなくらい身を乗り出して、ミーチャがいるのとは逆の、庭に通じるドアのあるほうを見つめて、暗闇に目をこらした。

ミーチャは身じろぎもしないで、横からじっと父を見つめていた。嫌いでしかたない顔が、すぐ目の前にあった。だらりと垂れ下がった喉仏《のどぼとけ》、鉤鼻《かぎばな》、好色な期待にゆるんだ唇《くちびる》。そうしたものがすべて、部屋の中から斜《なな》めに射すランプの光によって、あかあかと照らし出されていた。

恐ろしいほどの憎悪の念が、ミーチャの胸にこみ上げてきた。

『こいつだ。こいつが、おれを苦しめて、おれの人生をめちゃくちゃにしたやつなんだ』

四日前、弟のアリョーシャと東屋《あずまや》で話し合ったとき、「お父さんを殺すなんて、よくそんなことが口にできますね！」と言うアリョーシャに、ミーチャはこう答えた。「いや、おれにもわからないんだ。あるいは殺さないかもしれないし、もしかしたら殺すかもしれない。おれはただ、いざという瞬間に、親父の顔が急に憎らしくなりはしないか、それが心配でならないんだ。おれは、あの喉仏や、鼻や、眼や、あの恥知らずな薄笑いが憎らしくって、たまらないんだ。生理的に我慢がならないんだ。おれが怖れるのはそれなんだよ。自分を抑《おさ》えられなくなるんじゃないかと……」

その抑えられない嫌悪が、激しくこみ上げてきた。ミーチャは我《われ》を忘れて、いきなりポケットから、何かを取り出した。それは、長さ二十センチくらいの、金槌《かなづち》のような銅の杵《きね》だった……。

## 目撃者

「あのときは神様がおれを守ってくださったんだ」

後《のち》にミーチャはそう語った。

ちょうどそのとき、召使《めしつかい》のグリゴーリイが、召使用の離《はな》れで目を覚ましたのだ。

その日の夕方、グリゴーリイはコニャックに秘薬を混ぜて、全身に塗り、残りを飲んで眠った。腰の具合がよくないときにはいつもそうするのだ。妻のマルファもその薬を少し飲み、酒に弱いので、死んだように眠った。

ところが、グリゴーリイは夜中にふと目を覚ました。ほんの少し思案してから、起き上がって服を着た。誰ひとり家の番をする者がないのに、そのまま寝ていることは、彼の良心が許さなかったのだ。

その日の昼に、てんかんの発作を起こして苦しんだスメルジャコフは、身動きもせずに、隣室で横たわっていた。

グリゴーリイは、表階段のほうに出て行った。その上からちょっとあたりの様子を見るつもりだったのだ。だがそのとき彼はふと、庭に通じる木戸の鍵をかけ忘れていたことを思い出した。几帳面で、決まった習慣を変えることの嫌いな彼は、階段を降りて、庭のほうに向かった。木戸はやはり開いたままだった。なんの気なしに庭の中に入ってみた。

そのとき、何かがちらりと見えた。あるいは物音を聞いたのかもしれない。グリゴーリイは左のほうに目を向けた。

主人のフョードルの寝室の窓が開け放《はな》たれているのが見えた。窓に人影はなかった。

『どうして窓を開けているんだろう？　もう夏でもないのに』

次の瞬間、何か異様なものが、庭の中でさっと動いた。前のほうの暗がりを、人影らしいものが駆け抜けた。すごい速さだ。

「大変だ！」

グリゴーリイは、腰が痛いのも忘れて、駆け出した。庭のことはよくわかっているので、近道をとった。人影は塀《へい》のほうに走って行った。グリゴーリイはその姿を見失わないようにしながら、必死に走った。人影は塀に飛びついた。そして塀を乗り越えようとしているところに、ちょうどグリゴーリイが追いつき、夢中になってその足にしがみついた。

相手の顔が見えた。父親を殺しかねないと思っていた、あいつだった。予感していた通りだった。

「父親殺し！」

グリゴーリイは近所中に響き渡るような大声で叫んだ。

しかし、その一声だけで、まるで雷にでも打たれたように、その場にどっと倒れた。

## 血に染まる両手

ミーチャはまた庭へ飛びおりて、倒れた男の上へ身をかがめた。手にしていた銅の杵《きね》を無意識に草むらにほうり投げた。銅の杵は草の中ではなく、最も目につきやすい小道の上に転がり出た。

ミーチャは目の前に倒れているグリゴーリイを、数秒間見つめていた。老人の頭は血みどろになっていた。

ミーチャはその頭を手でまさぐった。なぜそんなことをしたのか、自分でも後になってからようやくわかった。老人の頭蓋骨をたたき割ってしまったのか、それともただ失神させただけなのか、それが知りたくてしかたなかったのだ。

しかし、血はとめどもなく流れ出し、またたく間にミーチャのふるえる両手を赤く濡らした。彼は白いハンカチを取り出し、そんなことをしても意味はないのに、老人の額や顔の血をふいて、きれいにしようとした。そのハンカチもたちまち血でべとべとになった。

『おれは何をしているんだ？』

ミーチャはふと我《われ》に返った。

『もしたたき割ってしまったのなら、今さらそれを確《たし》かめて何になる？　それに、もうどっちだって同じことだ！』

絶望にかられて、彼は大声で言った。

「殺してしまったなら、殺してしまったでいい……。じいさん、かわいそうな目にあわせたな。じっと寝てるがいい」

ミーチャは塀《へい》に飛びつき、ひらりと路地に飛び下りると、そのまま駆け出した。

血みどろのハンカチを丸めて左の手に握りしめていたが、走りながらそれをフロックコートのポケットにねじこんだ。

彼はすさまじい勢いで走りつづけた。町の暗い通りで、彼とすれちがった人たちは、その勢いに驚いた。そして後日、そういえばその夜、狂ったように走って行く男がいたということを思い出した。

## グルーシェンカはどこだ？

ミーチャが向かったのは、グルーシェンカの住むモローゾワの家だった。さっき、ここから走り出して、父親のフョードルの屋敷に行ったのだった。しかし、そこにグルーシェンカはいなかった。だから、また戻って来たのである。小間使いのフェーニャは祖母といっしょに台所にいて、もう寝支度《ねじたく》をしようとしていた。ミーチャは駆けこんでくるなり、フェーニャに飛びかかって、喉元をむんずとつかんだ。

「グルーシェンカはどこだ！」

ミーチャはすさまじい声を出し、フェーニャと祖母は金切り声をあげた。

「何もかも今すぐ申し上げます！　決して隠し立てなどいたしません」死ぬほど驚いたフェーニャは早口に言った。「グルーシェンカ様は、モークロエにいる将校さんのところへ行かれました」

「将校さんとは誰だ？」とミーチャはわめいた。

「五年前にグルーシェンカ様を捨てて、どこかに行ってしまわれた、初恋の相手のポーランド人の将校さんですよ」

ミーチャはフェーニャの喉をしめつけていた両手を離した。彼は死人のように真っ青になり、声も出せずに、棒立ちになった。

フェーニャは、恐怖のあまり大きく見開いた目で、じっと彼の顔を見つめていた。ミーチャの両手は血にまみれていたのである。しかも、ここへ駆けつける途中、その手で汗をぬぐったらしく、額にも、右頬にも血がついていた。

ミーチャは、くずれるように椅子に腰を下ろした。茫然《ぼうぜん》としていた。ポーランド人将校のことは、グルーシェンカ自身の口から聞いていた。ひと月前にその男から手紙が来たということも知っていた。それなのに、どうして今までこの男のことを忘れていたのだろう？　グルーシェンカを父親と奪《うば》い合うことばかりに気をとられ、この男のことはまるで考えに入れていなかったのだ。そのことが不思議でならず、怖ろしくさえあった。

ミーチャはふっと台所を出て行った。フェーニャは、そんな彼の出て行き方に、さっき駆けこんで来て襲《おそ》いかかられたときよりも、むしろ驚かされた。

## ピストル

その十分後、ミーチャは若い役人のペルホーチンの家に入って来た。

ペルホーチンは、血にまみれたミーチャの顔を見て、思わず驚きの声をあげた。

「いったいどうしたんです!」

「ピストルを預《あず》けて金を借りましたが、そのピストルを今度は受け出しに来たんです。金は持って来ました。急いでいるんで、どうか早くお願いします。どうか大至急」

ミーチャの手には札束が握られていた。彼はそれをわしづかみにしたまま入って来たのだ。紙幣はどれも虹色の百ルーブル札で、それをつかんでいる手は血みどろだった。

ペルホーチンは気味が悪そうに、ミーチャをながめまわした。

「どうしてこんなに血だらけになったんです? 転びでもしたんですか? まあちょっとご自分を見てごらんなさい!」

ペルホーチンはミーチャの肘《ひじ》をつかんで、鏡の前に立たせた。ミーチャは血に汚れた自分の顔を見ると、びくりと身ぶるいをして、怒ったように顔をしかめた。

「ちくしょう! こりゃひどい」

ポケットからハンカチを取り出したが、そのハンカチも血に染まっていた。白いところはどこにもなく、生乾きどころか、かちかちに固まっていて、しわくちゃのまま、広げようにも広げられなかった。ミーチャはかっとなって、それを床にたたきつけた。

「ちくしょう! 何かぼろきれはありませんか? ふきたいんです……」

「じゃあ、血がついてるだけで、ケガをしたんじゃないんですね？　それなら、洗い落としたほうがいいでしょう。そこに洗面器がありますから、水をくんであげましょう」

「洗面器？　それはいい。……ところで、これはどこへしまったらいいでしょうね？」

ひどく困ったような顔をして、百ルーブル紙幣の束を示し、ペルホーチンを見た。それを決めるのはペルホーチンだとでもいうように。

「ポケットにしまうか、テーブルの上に置いてください。決してなくなりはしませんから」

「ポケットに？　なるほど、それはいい。……いや、こんなことはどうでもいいんだ！」

ふいに放心状態からさめたように、彼は大声を出した。

「まずはピストルの件を片づけようじゃありませんか。あれを返してください。さあ、これが金です。……なにしろ、どうしても必要になったんですよ。それも急ぐんです」

彼は札束のいちばん上から百ルーブル紙幣を一枚取って、ペルホーチンに差し出した。

「もっと細かいのはありませんか？　あいにく釣り銭がないんです」

ミーチャは札束の上のほうを二、三枚めくってみて、「ありません。みんな同じです」

「いったいどこでそんな大金を手に入れたんです？」ペルホーチンはたずねた。「ちょっと待ってください。今、プロトニコフの店へ子供を使いにやってみますから。あそこは遅くまで店を開けていますから、お金をくずしてくれるかもしれません」

「プロトニコフの店へ――それは名案だ！」ミーチャは何か思いついたように叫んだ。そして、部屋に入ってきた少年に言った。「いいかい、プロトニコフの店に行って、おれが今から行くからと伝えてくれ。シャンパンを、そうだな、三ダースほど用意して、この前モークロエに行ったときと同じように馬車に積んでおくように言ってくれ。そう言えば店のほうでわかるから大丈夫。それから、チーズに、パイ、鮭の燻製《くんせい》、ハム、キャビア、キャンディー、チョコレート、梨《なし》、スイカ……店にあるもの全部！　この前と同じで、シャンパンを入れて三百ルーブル分だ……今度もあのときとそっくり同じでいい」

「まあお待ちなさい」ペルホーチンがさえぎった。「この子には、まだ店を閉めないでくれと言わせるだけにして、後《あと》であなたが行って注文なさったほうがいいですよ」

ペルホーチンはわざと急いで少年を外へ出した。というのも、少年が目を丸くして、血のついた客の顔や、ふるえる指で札束を握っている血まみれの手を見つめ、驚きと恐怖のあまり口を開けて、立ちすくんでいたからだ。

「さあ、こっちへ来て血をお洗いなさい」ペルホーチンは厳しい調子で言った。彼はミーチャがフロックコートを脱ぐのを手伝おうとして、大声を出した。「ごらんなさい、フロックコートまで血みどろになってるじゃありませんか！」

「ああ、これはハンカチが入ってたところですよ。ポケットからにじみ出たんです。きっとフェーニャのところで、ハンカチの上に座るような格好になっていたんでしょう。それでにじみ出したんですよ」

ミーチャはなんだか子供になったような夢心地で、素直に説明した。ペルホーチンは眉《まゆ》をひそめて聞いていた。

「ばかなことをしましたね。きっと誰かとケンカしたんでしょう」と彼はつぶやいた。

二人は血を洗い落としはじめた。ペルホーチンは水差しで、水をかけてやった。ミーチャはひどくあわてていて、手に石鹸をろくにつけなかった（その手がぶるぶるとふるえていたことを、後《のち》にペルホーチンは思い出した）。ペルホーチンは、もっと石鹸をたくさんつけてごしごし洗うように言った。だんだんと彼は、ミーチャに命令するようになっていた。

「ごらんなさい、まだ爪がきれいになってないじゃありませんか。さあ、今度は顔をこすりなさい。そう、そこのところ。こめかみの上と、耳のわきと……。あなたはそのシャツを着て出かけるつもりなんですか？　右の袖口《そでぐち》のところが血みどろじゃありませんか」

「袖を折りこんでおきますよ。そうすればフロックコートの下になって見えないでしょ。着替えてる時間はないんですよ」ミーチャはタオルで顔と手をふき、フロックコートを着ながら、相変わらず相手を信じきったような調子で言った。

「さあ、ピストルをください。もう本当に時間がないんです」

「でも、変ですね。五時過ぎにこれを十ルーブルで質《しち》に入れておきながら、今は大金を持っているじゃありませんか。二千か三千はありそうですね？」

「三千くらいなもんでしょう」

「何をしてるんです？　ピストルに弾丸《たま》をこめるつもりですか？」

ミーチャはピストルの入ったケースを開け、ピストルに念入りに火薬を詰めて、それから弾丸をひとつ取り出し、二本の指でつまんで、ロウソクの火にかざして見た。

「なんだって弾丸を見ているんです？」ペルホーチンは不安な好奇心にかられていた。

「まあ、想像してみてください。もし仮に、この弾丸を自分の頭に撃ちこむとして、ピストルに装填《そうてん》するときに、その弾丸を見るか、見ないか？　自分の頭に入る弾丸ですからね。どんなものだか、見ておくのも面白いじゃないですか。……なに、ただの冗談ですよ」

ミーチャはピストルに弾丸をこめると、「さあ、出かけよう！」

「こんな夜中に？」

「女がいるんですよ、モークロエに女が。いや、もう話はたくさんだ。さあ、もうお終《しま》い」

「まあ、聞いてください。あなたは野蛮《やばん》な人だけど、私は前からなんとなくあなたのことが好きだったんです……だから心配なんです」

「ありがとう。きみの言う通り、おれは野蛮だ！　よかったら、いっしょに乾杯しようじゃありませんか！　きみとはまだ一度も飲んだことがありませんでしたね」

## 出発

プロトニコフの店は、町でいちばんの食料雑貨店で、なんでもひと通りはそろっていた。店ではミーチャが来るのを今か今かと待っていた。三、四週間前に、やはり今度と同じように食料品や酒を何百ルーブルも注文してもらったことを、忘れられずにいたのだ。

あのときもミーチャは、虹色の百ルーブル紙幣の束《たば》をわしづかみにして、グルーシェンカといっしょにモークロエへ飛び出した。そして『さんざん豪遊をして、ほんのわずかの間に三千ルーブルの金をすっかり使い果たし、一文なしになって帰って来た』という噂《うわさ》が町中に広がったのだった。さらに、みんなが、かげで笑っていたのは、この『大散財』によって、彼はグルーシェンカからは、ただ『彼女の足へのキスを許されただけで、それ以上のことは何も許されなかった』ということだった。彼自身がそう告白したのだ。

ミーチャが店に来たときには、もうトロイカ（三頭立馬車）と馭者《ぎよしや》が待機していた。

ところが、出発の直前になって、思いがけなく、フェーニャがやってきた。彼女は息を切らしながら駆けつけると、両手を合わせ、ミーチャの足もとに身を投げ出した。

「どうかお願いですから、グルーシェンカ様を殺さないでください！　あの将校さんも殺さないでください！　あの将校さんは、グルーシェンカ様と結婚なさるんです。そのためにシベリアからわざわざお帰りになったんです。どうか人の命をとるようなことは！」

「フェーニャ、起きてくれ、おれの前にひざまずいたりするのはよしてくれ。おれは人を殺したりなんかしないよ。ばかな男だけど、もう二度と人を殺したりしないからね」

ミーチャは馬車に乗りこむと、彼女に向かって言った。

「さっきはすまなかったね。この悪人を勘弁してくれ。……でも許してくれないなら、それでもいいんだ。もうどっちにしたって同じことさ。さあ、思いきり飛ばしてくれ！」

馬が走り出し、鈴が鳴った。

## 死体発見

マルファはベッドで熟睡していた。そのまま朝まで眠りつづけるはずだった。ところが、彼女は急に目をさました。隣りの部屋で意識不明のまま横たわっているスメルジャコフが、恐ろしい叫び声をあげたからだ。てんかんの発作が起きるときには、いつもこういう叫び声をあげるのだ。

彼女は飛び起きると、無我夢中でスメルジャコフの部屋に駆けつけた。真っ暗な部屋の中で、病人があえいで、もがいていた。

マルファは自分も悲鳴をあげて、大きな声で夫のグリゴーリイを呼んだ。しかし、部屋に戻ってみると、ベッドは空だった。いったいどこに行ったんだろう？　彼女は表階段のほうへ駆け出して行って、階段の上から夫の名を呼んでみた。返事はなかった。

しかし、夜の静寂の中のどこからか、うめき声のようなものが聞こえてきた。

『まるでリザヴェータのときのようだ！』ふとそう思った。

こわごわ階段を降りて、闇《やみ》を透かして見ると、庭に通じる木戸が開け放《はな》しになっていた。

木戸のほうに歩いて行くと、いきなり、「マルファ、マルファ……」という声が聞こえた。

グリゴーリイの弱々しい、恐ろしいうめき声だ。

『神様、どうかお守りください！』マルファは声のするほうへ走って行った。

こうして彼女は、グリゴーリイを見つけたのである。

彼が血まみれなのに気づいて、マルファは声を限りに叫んだ。

グリゴーリイは小さな声で、ぼそぼそとつぶやいた。「殺したんだ……父親を殺したんだ……。何をわめいている……早く走って行って、誰か呼んで来い……」

しかし、マルファは言うことを聞かずに、そのまま叫びつづけていた。

ふと見ると、主人のフョードルの寝室の窓が開いていて、そこから灯《あか》りがもれている。マルファは、ぱっとそちらに走り出して、フョードルの名を呼んだ。

窓のところへ行って中をのぞいてみると、恐ろしい光景が目に飛びこんできた。主人が床の上に仰向けに倒れていて、ぴくりともしない。ガウンとシャツが血まみれになっている。テーブルの上のランプの光が、動かない死体と血を、あざやかに照らし出していた。

極度の恐怖に襲《おそ》われたマルファは、窓のそばから飛びのいて、庭を突っ走り、門のかんぬきを外すと、一目散《いちもくさん》に隣家のマリヤのところへ駆けこんだ。

## 通報

隣家では母親も娘も、もう眠っていたが、けたたましく力まかせに扉をたたく音と、マルファの叫び声とで目をさました。

マルファは金切り声でわめいていて、要領を得なかったが、大変なことが起きたことだけはわかった。三人で犯罪の現場へ駆けつけた。

倒れていたグリゴーリイを、召使用の離れへ三人で運んだ。

灯りをつけて見ると、スメルジャコフの発作はまだ治まらず、目をひきつらせ、口から泡を吹いて、もがいていた。

グリゴーリイの頭を、酢を混ぜた水で洗ってやると、彼はすっかり正気を取り戻した。

「旦那《だんな》様は殺されたのか？　どうなんだ？」とグリゴーリイはすぐにたずねた。

三人はフョードルの寝室に向かったが、窓だけでなく、室内から庭に通じるドアまで開け放《はな》しになっていることに気づいた。そのドアは、この一週間というもの、フョードル自身が毎晩しっかり戸締まりをして、グリゴーリイにさえ、たとえどんな理由があってもたたくことを禁じていたのだ。

そのドアが開いてしまっているので、三人は『後《あと》で何か面倒なことになっては』と、急に中に入るのが怖くなった。

三人が戻ってくると、グリゴーリイは、すぐに警察署長のところまで走って行くように言いつけた。

## 現場検証

その夜、警察署長の家には、検事のイポリートと監察医が来て、カードの勝負をしていた。若い予審判事のネリュードフも、別室で警察署長の令嬢《れいじょう》たちとおしゃべりをしていた。

そこにマリヤが飛びこんで来て、みんなを驚愕させたのである。

署長と検事と予審判事と監察医は、フョードルの屋敷に乗りこんで現場検証をはじめた。

フョードルは、頭を打ち砕《くだ》かれて死んでいた。

凶器は何か？　グリゴーリイの頭を殴《なぐ》ったものと、おそらく同じだろう。

応急処置を受けたグリゴーリイは、弱々しい、途切れ途切れの声で、自分が殴り倒されたときのことを語った。

その話をもとに、凶器はすぐに見つけ出された。灯《あか》りを持って、塀《へい》のあたりを捜《さが》したところ、庭の小道の最も目につきやすいところに落ちている銅の杵《きね》が見つかったのだ。

フョードルの倒れていた部屋は、これといって乱れた様子はなかった。

だが、衝立《ついたて》の後ろのベッドのそばの床に、大きな封筒が落ちていた。それには『三千ルーブルの贈り物　わが天使グルーシェンカへ　もし私のところに来てくれるなら』と書いてあり、さらに『ひよこちゃんへ』と書き足してあった。

封筒には赤い封蝋《ふうろう》で三つの大きな封印が押してあった。だが、封筒は破られ、中は空だった。金は持ち去られていたのである。封筒に結んであったらしい細いピンクのリボンも床の上に落ちていた。

# 第2章

# 逮捕と取り調べ

決して言いません。決して！
おれが黙っているのは、
おれにとって恥辱《ちじょく》だからです。
親父を殺して金を強奪《ごうだつ》したと
疑われるよりも、
さらに比較にならないほど
大きな恥辱なんです。

## 逮捕

トロイカを飛ばして、モークロエに着いたミーチャは、グルーシェンカと例のポーランド人将校のいる旅館で、他の客たちとともに飲んで大騒ぎをした。

そして今は、グルーシェンカと二人きりで話をしていた。

グルーシェンカは泣いていた。

「ミーチャ、あたしはあの将校を愛していたのよ！　五年間ずっと愛していたの！　あのときはまだあたしは十七だった。あの人はとてもやさしくしてくれて、陽気で、あたしに歌をうたってくれて……。でも、今は、まるでちがうの。似ても似つかないの。まるで学校の先生のような口のきき方で、えらそうで。あのとき、あたしを捨てていっしょになった奥さんが、あの人をすっかり変えてしまったのね……。ああ、恥ずかしい！　これまでのことが恥ずかしくてならない！　この五年間なんて、呪《のろ》われるがいい！」

彼女はわっと泣き崩《くず》れた。ミーチャの手を握りしめ、はなそうとしなかった。

「ミーチャ、さっきあんたがやってきて、そのとたん何もかもはっきりしたの。『ばかね、あたしが愛しているのは、この人じゃないの』ミーチャ、あなたという人がいながら、どうして別の人を愛しているなんて思っていたのかしら。わたしを許してね、ミーチャ。許してくれるでしょ？　ダメ？　わたしを愛してくれる？　ねえ、愛してくれる？」

彼女はミーチャにすがりついた。

ミーチャは、喜びのあまり、口もきけなかった。ただもう、彼女の目を、顔を、微笑《ほほえ》みを見つめていたが、いきなり抱きしめると、むさぼるようにキスをした。

『もうどうなってもかまうもんか――この一分間のために全世界をくれてやる』

ミーチャはそう思った。

「ミーチャ、あそこからこっちをのぞいているの、誰かしら？」

彼女がふいにささやいた。さっと顔色が変わり、おびえていた。

ふりかえると、たしかに誰かがのぞいている。ミーチャはそちらに近づいていった。

すると、むこうのほうから声をかけてきた。

「どうぞこちらにいらしてください」

大きな声ではなかったが、命令するような口調だった。

言われるままに部屋に入ったミーチャは、その場で立ちすくんだ。

部屋の中にはたくさんの人がいた。さっきまでの旅館の連中ではなく、まったく新しい顔ぶれだった。

その瞬間、悪寒《おかん》が背筋を走り、ミーチャは身ぶるいした。

そこにいる人たちが何者なのか、すぐにわかった。

背の高い、でっぷりした老人は、警察署長だ。こざっぱりしたなりで、ぴかぴかに磨いた長靴を履《は》いているのが検事のイポリートだ。小柄で眼鏡をかけた若い男は、名前はど忘れしたが、最近赴任《ふにん》してきたばかりの予審判事だ。他にも何人かいる。

予審判事が一歩前に進み出て、威圧《いあつ》的ではあるが、少し緊張した感じで口を開いた。

「どうか、この長椅子におかけください。あなたにおうかがいしたいことがあるんです」

「じいさんのことか！」ミーチャは我《われ》を忘れて叫んだ。「じいさんの血のことだ！」

そう言うと、両足の力が抜けたように、そこにあった椅子にがっくりと倒れこんだ。

「ひとでなしの親殺しめ！　おまえの父親の血が泣いているぞ！」

警察署長がいきなり怒鳴った。顔を真っ赤にして、全身をわなわなとふるわせて、ミーチャに近づいていった。

それを押しとどめながら、予審判事が叫んだ。「やめてください！」

警察署長はそれでもなお、気持ちがおさまらず、叫んだ。「しかし、こりゃ悪夢じゃないか！　悪夢ですよ、みなさん！　この男をごらんなさい。夜中に、酔っ払って、ふしだらな女といちゃついて、しかも実の父親の血にまみれて……悪夢だ！」

検事のイポリートがたまりかねて、警察署長をなだめた。「どうか感情的にならないで」

予審判事がミーチャに向き直り、きっぱりと、大きな声で、重々しく告げた。

「退役陸軍中尉ミーチャ・カラマーゾフ、あなたの父親のフョードル・カラマーゾフが殺された事件で、あなたは告発されています」

ミーチャは、それを聞いても、なんのことかよくわからなかった。ただ、捕《つか》まった獣《けもの》のような目つきで、みんなを見まわしていた。

## 無罪の主張

ミーチャは突然立ち上がり、両手をあげて叫んだ。

「おれは無罪だ！　親父《おやじ》の血については無罪だ！　たしかに殺そうとは思った。でも、やってない。おれはやってない！」

そう言い終わるか終わらないうちに、カーテンのかげからグルーシェンカが駆け出してきて、いきなり警察署長の足もとに身を投げ出した。

「あたしが悪いんです！」目からは涙があふれ、声には人の心をふるわすような真情がこもっていた。「ミーチャが人殺しをしたのは、あたしのせいです！　死んだフョードルも、あたしがわざとからかって苦しめたんです。それでこんなことになったんですね。もとはといえば、みんなあたしの罪なんです！」

「そうだ、おまえが悪いんだ！　おまえが犯罪の元凶《げんきょう》だ！　おまえは堕落《だらく》した女だ！」警察署長はグルーシェンカに腕を突き出しながら、わめきたてた。しかし、たちまちみんなに押さえこまれた。

「あたしもいっしょに裁判にかけてください！」グルーシェンカはひざまずいたまま叫びつづけた、「あたしたちをいっしょに罰してください。あたしはもう今は、この人といっしょなら、死刑になってもかまいません！」

「グルーシェンカ、おまえはおれの命だ、おれの血だ！」ミーチャはいきなり彼女のそばにひざまずいて、腕の中にしっかりと彼女を抱きしめた。「みなさん、彼女の言うことを真《ま》に受けないでください。彼女にはなんの罪もありません。なんにも関係ないんです！」

**最初の取り調べ――おれでなければ誰が殺した？**

ミーチャは、五、六人によって彼女から引き離され、引きずられていった。彼女も連れ出された。ミーチャがふと我《われ》に返ったとき、もうテーブルに向かってすわらされていた。

後ろにも両側にも、警察の徽章《きしょう》をつけた男たちが立っていた。正面には、予審判事が、テーブルをへだてて腰をおろしていた。ミーチャの左側には検事のイポリートが、右側には書記の青年が座っていた。

「水を飲むと気分が落ち着きますよ」予審判事はミーチャに水をすすめた。「あなたは、父親のフョードル・カラマーゾフの死については、無実であると、はっきり断言なさるんですね？」と予審判事は、やわらかく、しかしねばっこく問いただした。

「無罪です！　むしろ親父《おやじ》の死を悲しんでいるくらいです。でも、別のじいさんの血については罪があります。おれは殺してしまいました。じいさんを殴《なぐ》り殺しました。……しかし、誰が親父を殺したんでしょう？　おれじゃないとしたら、いったい誰が？　不思議だ」

「そう、いったい誰が殺したか……」と予審判事は言いかけたが、検事のイポリートが彼に目くばせをして、今度は自分がミーチャに語りかけた。

「あの年寄りの召使《めしつかい》のグリゴーリイについては、ご心配にはおよびません。あの男は生きていますよ。気を失っていただけなんです。あなたが殴った傷はひどいものでしたが、命に別状はないそうです。医師がそう言っています」

「生きてる！　あの男は生きてるんですね？」ミーチャは手を打って叫んだ。彼の顔は輝いた。「神様、偉大な奇跡を現してくださって感謝いたします！　そうです、これは祈りが届いたんです。おれは一晩中、祈りつづけていたんです！」

「ところで、そのグリゴーリイから、われわれは非常に重大な証言を得たんです」

検事がその先をつづけようとすると、ふいにミーチャが椅子から立ち上がった。

「ちょっと、待ってください。みなさん、たった一分でいいから、おれに時間をください。彼女のところに行きたいんです」

「とんでもない！　今はそんなことは無理です！」

警察の徽章《きしょう》をつけた者たちが、ミーチャを押さえにかかった。

「ああ、じつに残念です！　彼女に知らせてやりたかったんです。おれはもう人殺しではなくなったということを！　みなさん、彼女はさっきおれと婚約したばかりなんです！」

ミーチャは一同を見まわし、感極《かんきわ》まったように言った。

「あなたたちにお礼を言います！　一瞬にして、おれを生き返らせてくれました。……あのじいさんは、おれを育ててくれたんです。三歳の赤ん坊のとき、世話を焼いてくれました。みんなに見捨てられたおれにとって、あの男は父親のようなものでした……」

ミーチャの目には生気が戻っていた。一瞬のうちに、すっかり人が変わったようだった。彼の態度も変わった。ここにいるみんなと、また対等につきあえる人間になったのだ。

「取り調べは、おれが手伝いますよ。さっさとけりをつけてしまいましょう。あなたたちはきっと後《あと》で、おれに嫌疑《けんぎ》をかけたりしたことを、大笑いしますよ！」

まるで親友に話しかけるような口調だった。

「まあ、落ち着いてください」と予審判事は冷静に言った。「確認しますが、あなたは亡くなられたお父様、フォードルさんのことをひどく嫌っておられ、いつもいがみ合っておられたそうですね。十五分ほど前にも、『たしかに殺そうとは思った』とおっしゃった」

「そう、不幸なことに、おれは親父を殺そうと思いました。何度も思いました」

「どうしてなんです？」

「このことは町中の者が知ってますよ。とくに酒場の連中はね。おれはこの前も、親父を半殺しの目にあわせて、次は殺してやると言ったんです。証人なら百人でも千人でもいます。おれ自身があちこちでしゃべりまくったんですから。……みなさん、おれにもよくわかっていますよ。この事件で、おれに不利な証拠が恐ろしいくらいそろっていることは。おれがあいつを殺してやるとわめいていて、そして、あいつが殺されたんです。となると、おれに嫌疑がかかるのが当然ですよ。ははは。あなたたちを責める気はありません。おれ自身でさえ、びっくりしているんです。おれが殺したんじゃないとしたら、いったい誰が殺したのか？……みなさん、親父はどこで、どんなふうに殺されていたんですか？」

「われわれが発見したときには、頭を打ち割られて、寝室の床の上に仰向けに倒れておられました」と検事が言った。

「恐ろしいことだ！」ミーチャは身ぶるいし、テーブルに両肘をついて手で顔をおおった。

「あなたが自分の父親をそんなに憎んだのはなぜなんです？　嫉妬からだと、あなた自身が人に話しておられたようですが」

「ええ、そうです、嫉妬です。でも、嫉妬だけではないんです」

「金銭上のいさかいですか？」

「まあ、そうです。金銭上のことも」

「亡くなったあなたのお母さんの遺産のうち、あなたに渡されるべき三千ルーブルが未払いだということのようですね？」

「三千ルーブル？　もっと、もっとです。六千ルーブル以上です。ことによったら、一万ルーブル以上かもしれません。親父が自分のもののような顔をしているチェルマーシニャ村の土地は、母の遺産として当然、おれに権利があるんです。訴訟を起こせば、親父からそれくらいは支払わせることができる。しかし、三千ルーブルで我慢をしてやろうと決心したんです。どうしても三千ルーブルが必要で、せっぱ詰まっていたので。……だから、あの三千ルーブルの包み、親父がグルーシェンカにやるつもりで枕の下に入れておいた……ええ、そのことはちゃんと知っていました。あの包みはまったく、親父がおれの手から盗みとったようなものだと、自分の金も同然だと思っていたんです」

検事は意味ありげに予審判事のほうを見て、気づかれないように目配せした。

### 第二の試練――無一文だったのに殺人の後は札束を握っていた

「昨日の五時頃、あなたは自分のピストルを抵当に、知り合いのペルホーチンから十ルーブル、お借りになりましたね？」予審判事はミーチャにたずねた。

「借りましたよ。それがどうしたんです？　町に帰ってきて、すぐに借りたんです」

「町に帰られた？　どこかに行っておられたんですか？」

「四十キロばかり田舎のほうに行ってました。知らなかったんですか？」

予審判事と検事のイポリートは顔を見合わせた。

「昨日の朝からのことを残らず順序立ててお話しいただけないでしょうか？」

「お望みなら、一昨日《おととい》の朝からはじめるほうがいいでしょう。おれは一昨日の朝、この町の商人のサムソーノフ老人のところへ、三千ルーブルの金を借りに行ったのです。まったく差し迫ったことだったんです。急に金が必要になりましてね」

「三千ルーブルなんていう大金が、どうして急に必要になったんですか？」

「それはちょっと、ある事のために……つまりその、借金を返すためですよ」

「誰にです？」

「それを言うことは絶対にお断りします！　これはプライベートな問題ですから」

「あなたには黙秘権があります。でも、今のような場合、黙秘されることはあなたにとって不利になるということだけはご注意しておきます。その上で、お話をうかがいましょう」

ミーチャは、サムソーノフのところに行った話をした。サムソーノフは、リャガーヴイという男と会うことを勧めた。今となっては、サムソーノフにからかわれたのだと、ミーチャも気づいていたが、そのときは三千ルーブルを工面したい一心だった。リャガーヴイに会いに行くための旅費がないので、時計を六ルーブルで売り払った。

時計のことは、予審判事も検事も初耳で、非常に関心を示した。というのも、ミーチャが事件の前、まったくお金を持っていなかったという、第二の証拠となるからだ（第一の証拠は、ピストルを抵当にペルホーチンから十ルーブルを借りたことだ）。

ミーチャは話をつづけた。リャガーヴイの小屋でひと晩過ごして、町に帰ってきた。完全に無駄足で、お金の工面はできなかった。

ここでミーチャは、グルーシェンカをめぐって嫉妬に苦しんだことを、頼まれもしないのに話し出した。グルーシェンカが、父親のフョードルのところに来るのではないかと、隣りのマリヤの家の裏庭に以前から見張所を作ってあったこと。召使《めしつかい》のスメルジャコフが、彼にいろいろ報告していたこと。このことはとくに重視され、記録された。

知人のホフラーコワ夫人のところでお金を借りられると思ったら、それも勘違いで、絶望のきわみに達して、『誰か殺してでも、三千ルーブル手に入れたい』と思ったことを話したときには、そこで話を中断され、『誰か殺してでも』という部分が記録された。

サムソーノフのところに夜までいると言っていたグルーシェンカが、じつは自分を騙《だま》していて、すぐに自宅に戻ったことを知った、というところまで話が進んだ。ミーチャが全速力で走って、グルーシェンカの家に着いたのは、彼女がモークロエに向かって出発した直後だった。小間使いのフェーニャは、グルーシェンカは家に戻っていないと言い張った。ミーチャは、グルーシェンカが父親のフョードルのところに行ったと思い、父親の屋敷に向かって飛び出して行ったのだ。

そして、いよいよ父親の家の庭へ駆けこんだことを話そうとすると、予審判事はいきなり彼を押しとどめて、わきにおいてあった鞄《かばん》から、銅の杵《きね》を取り出した。

「これに見おぼえがありますか？」

「ああ、それね」ミーチャは陰気に笑った。「もちろん知ってますよ」

「あなたは、これのことを話すのをお忘れになりましたね」

「まったく！　わざと話さなかったわけじゃありませんよ。うっかりしただけですよ」

フェーニャのいた台所には、銅製の臼《うす》と杵《きね》が置いてあった。そこを飛び出すとき、ミーチャは片手でドアを開けながら、もう一方の手でいきなり銅の杵をつかんで、フロックコートのポケットにねじこんだのだ。フェーニャはそれを見て、「ああ、大変！　誰かを殺す気なんだ！」と叫んだ。

予審判事はたずねた。「どういう目的で、武器を手にされたんです？」

「目的？　目的なんかありゃしません。ただ、それを持って駆け出しただけです」

「目的がないとしたら、どうしてそんなことを？」

「くだらない！　杵なんかどうでもいいことだ！」ミーチャはむっとした。「犬を追っ払うためですよ……真っ暗でしたからね……まさかのときの用心ですよ」

「ははあ、なるほど。すると、これまでも夜に外出されるときは、いつも何か武器を？」

「まったく！　ばかばかしい！　あんたたちとは話もできやしない！」

ミーチャは怒りで真っ赤になって、書記のほうを向いて言った。

「すぐに書いてくれ、『おれは親父のフョードルのところに行って、頭をぶん殴《なぐ》って殺してやるつもりで、杵をつかんだ』と。さあ、これで満足ですか？　気がすみましたか？」

ミーチャは、予審判事と検事を、挑《いど》むような目で見つめた。

「わたしたちの質問に腹を立てて、そんな供述《きょうじゅつ》をなさったんですね。お気持ちはよくわかります。でも、これはどうしてもお聞きしなければならない大切なことなんですよ」

「たしかに杵を持って行きました。……ああいうとき人は、何のために何をつかむんでしょう？　おれにはわかりません。とにかく、ひっつかんで駆け出した。ただそれだけです」

ミーチャはようやくのことで自分を抑《おさ》えた。「あなたたちの言うことを聞いていると、おれがときどき見る夢のことを思い出しますよ。誰かが、おれを追いかけてくるんです。真夜中の暗闇の中で、おれをさがしているんです。おれはドアのかげとか戸棚の後ろに隠れるんです。そいつは、おれがどこに隠れたのかちゃんと知っているんです。そのくせ、わからないふりをして、おれが少しでも長く苦しみ、恐がるのを楽しもうとするんです」

「あなたはそういう夢をよく見るんですか？」

「ええ、見ますよ。それも記録に書いておきたいんじゃないですか？」

ミーチャは皮肉に笑った。

## 第三の試練――ミーチャの秘密

ミーチャは不機嫌に話をつづけた。塀《へい》を越えて父親の屋敷の庭に忍びこんだこと、窓のところまでそっと歩み寄ったこと、そして窓のそばで起こったいっさいのことを話した。父親が窓から現れたのを見て、むらむらと憎悪が燃え立って、ポケットから銅の杵《きね》を取り出した――というところまで話すと、ミーチャはぴたりと口を閉ざした。

みんなが食い入るように自分を見つめているのを感じた。

「それで？」と予審判事が言った。「凶器を取り出して、それから何が起こったんです？」

「それからですか？　殺したんですよ……頭にがつんとくらわせて、頭蓋骨《ずがいこつ》をぶち割った」

彼の瞳《ひとみ》はぎらぎらと輝き、抑《おさ》えこまれていた怒りが、恐ろしい勢いで燃え上がっていた。

「私たちはそう推測しています」と予審判事は認めた。「事実はどうだったのですか？」

「事実はこうだったんですよ」とミーチャは静かに話しはじめた。「親切な天使が、その瞬間、キスしてくれたのか、それはわからない……おれは窓のそばから飛びのいて、塀《へい》のほうに駆け出した。親父はびっくりして、そのとき初めておれに気づいて、悲鳴をあげて窓から飛びのいた。おれは庭を横切って塀のほうへ向かった。……そしてそこで、塀の上にまたがったとき、グリゴーリイのじいさんが、おれの足にしがみついて……」

ここまで話して、彼は目をあげた。一同は落ち着き払った様子で彼をながめていた。

「あなたたちは、おれの言ったことを、ひと言も信じていないですね……。そりゃ、親父を殺そうとして銅の杵を手にした話までして、それから突然、逃げたって言うんだから、ポエムだ。こんな戯《ざ》れ言《ごと》、信じられっこないですね！　ははは！」

ミーチャは身体をゆすって笑い、椅子がぎしぎしときしんだ。

「で、あなたはお気づきでしたか？」と検事は、ミーチャの興奮など気にもとめないように、いきなりたずねた。「室内から庭に通じるドアが開いていたかどうか」

「開いていませんでした」

「開いてなかった？」

「ぴったり閉まってましたよ。だいいち、誰にも開けられるわけないでしょう？」

それから、彼はハッと気づいたように、びくりとして、「もしかして、あなたたちが行ったときには、ドアは開いていたんですか？」

「そうです。開いていました」

「いったい誰が開けたんだ？」ミーチャは非常に驚いて、叫んだ。

「あなたのお父さんを殺した犯人は、疑いもなくこのドアから入って、犯罪を遂行《すいこう》すると、またこのドアから出て行ったのです」と検事は、ひと言ひと言、噛《か》んで含《ふく》めるように言った。「それは絶対に確実です。なぜなら、殺害は室内で行われているからです。窓越しにではありません。そのことは、現場検証の結果からも、死体の位置やその他のあらゆることからも、明白な事実です。まったく疑う余地がありません」

ミーチャは唖然《あぜん》とした。

「しかし、ありえないことだ！」彼はすっかりうろたえて叫んだ。「おれは……おれは中には入らなかった……はっきり断言しますが、ドアはずっと閉まっていました。おれは窓のところにいて、窓越しに親父を見ただけです。ただそれだけです。……そのときのことは最後の一瞬までありありとおぼえています」

ミーチャはさらにこうつづけた。「だいいち、開いているわけがないんです！　だって、合図を知っているのは、おれとスメルジャコフと親父《おやじ》の三人だけで、合図がなければ、親父はどんなことがあったってドアを開けるはずがないんですから！」

「合図？　何の合図です？」と検事は、この言葉に飛びついた。威厳のある態度がたちまち失われ、好奇心がむきだしになった。初めて聞くこの事実は、いかにも重要そうで、それをミーチャがくわしく話してくれないのではないかと、早くも気をもんでいた。

「そう聞くところをみると、あなたたちは何も知らないんですね！」ミーチャは意地の悪い、あざけるような薄笑いを浮かべて、検事に向かってウインクした。「もしおれが言わなかったら、どうします？　困るんじゃありませんか？　でも、ご安心なさい。教えてあげますよ。おれは、自分に不利なことでも、すすんで言うつもりです。あなたたちの前にいるのは、高潔《こうけつ》な人間なんです。数え切れないくらい卑劣《ひれつ》な行為をしてきましたが、これまでも、これからも、人格においては高潔なんです！」

ミーチャは父がスメルジャコフと決めた合図のことをくわしく説明した。庭から、窓かドアを五つたたく（最初は二つ、ゆっくり、あとは三つ、速めにトントントンとたたく）のは『グルーシェンカが来た』という合図。三つたたく（最初は二つ、速めに、あとは一つ、ドンと強くたたく）のは非常時の『急用』という合図。口で説明するだけでなく、彼は実際にテーブルをたたいてみせた。

検事はふと思いついたかのように、「しかし、合図を知っているのが、被害者以外には、あなたとスメルジャコフの二人だけで、あなたが犯人でないとすると……合図のノックをして被害者にドアを開けさせ、殺害したのは、スメルジャコフということになるのでは？」

ミーチャは皮肉な笑いを浮かべ、憎悪に満ちた目で検事を見つめた。検事は思わず目をしばたたかせた。

「検事さん、見え透いた挑発ですね。『そうです、犯人はスメルジャコフです！』と、おれが大喜びで食いつくと思ったんでしょう？　でも、あれはあの男のやったことじゃありませんよ。スメルジャコフは臆病者《おくびょうもの》ですからね。おれと話をするときでも、こっちが手をふり上げもしないのに、ぶるぶるとふるえているんです。八つの子供でもあいつをたたきのめすことができますよ。それに、あいつは金なんかなんとも思ってないんです。いくらおれがやろうと言っても、受け取ったことがないんですから。しかも、殺すわけがないんです。だって、あいつはどうも親父の息子らしいんですよ。知っていますか？」

「その話はわれわれも聞きました。しかし、あなたはれっきとした息子さんですが、そのあなたでさえ、父親を殺そうと思われたじゃないですか」

「そうきましたか！　ところで、スメルジャコフ自身はどう言ってるんです？」

「スメルジャコフは、まだ事件の起きる前に、激しいてんかんの発作を起こして、そのまずっと意識不明なんですよ。朝までもたないかもしれないと医者が言ってました」

「なるほど。そうすると、親父を殺したのは悪魔だ！」とミーチャは言い放《はな》った。

「このことはまた後で検討するとして、先ほどのお話のつづきをお願いします」

予審判事にうながされ、ミーチャはつづきを話し出した。塀《へい》にまたがって、自分の左脚をしっかりつかまえているグリゴーリイの頭を銅の杵《きね》で殴《なぐ》りつけると、倒れている老人のそばに飛びおりた、という話をしたとたん、検事がミーチャを押しとどめて質問した。

「何のために飛び降りたんですか？　その目的は？」

「倒れたから飛び降りたまでで……何のためだかわかりませんよ！　ただ、息があるかどうか、確《たし》かめたかったんです」

「なるほど、息があるかどうか、確かめたいと思ったんですね？　で、どうでした？」

「医者じゃないから、よくわからなかったんです。てっきり、殺したんだと思って、逃げ出しました。ところが、じいさんは息を吹き返したというわけです」

ミーチャは、グリゴーリイへの愛情から飛び降りたのだし、『かわいそうな目にあわせたな』という言葉もかけたのだったが、それを彼らに話す気にはまったくなれなかった。

そこで検事は、『逃げようとしていたのに、わざわざ飛び降りたのは、ただただ、犯罪の唯一の目撃者が生きているかどうかを確かめるためだったのだ』と考えた。

ミーチャは先をつづけ、『幸福になる二人の邪魔はできない』と決心した話になった。

「おれは自殺しようと覚悟しました。グルーシェンカのもとに、彼女がずっと忘れられずにいた初恋の男が、正式に結婚を申し込みにやってきたのです。もうすべてお終《しま》いです。しかも、おれは……あの血、グリゴーリイの血……。生きていて何になるでしょう？　そこでピストルを受け出しに行ったのです。夜明けに自分の頭を撃《う》つつもりで……」

「ペルホーチンの話によると、あなたはあの人のところへ行ったとき、血まみれになった手に、百ルーブル紙幣の束を持っていたそうですね」

「ええ、持っていました」

「そうすると、ここにちょっと不思議なことがあるんですが」と予審判事は、たいしたことではないかのように、さらりと言った。「他にどこにも寄る時間はなかったはずなのに、どこで急にあんな大金を手に入れられたんです？　その日の五時頃には……」

「十ルーブルの金もなかったのに、というのでしょ」とミーチャは相手の言葉をさえぎった。「金がなくて困っていたのに、突然、何千ルーブルという金が出てきたわけです」

ミーチャは二人の顔をじっと見つめた。「おや？　お二人とも、おれがその金の出どころを言わないんじゃないかと、心配しておられるようですね。――その通りです！　よくわかりましたね。決して言いません。決して！」

ミーチャはなみなみならぬ決意のほどを示して断言し、検事と予審判事は絶句した。

「しかしですね……」ようやく予審判事が口を開いた。「われわれとしては、ぜひともそれを知らなければならないんですよ」

「いかに重大なことなのかくらいは、おれにだってわかりますよ。でも言いません！」

「それで不利になるのはあなたのほうなんですよ」と予審判事はいらいらしながら注意した。「どうしてそこまで秘密になさるんです？　理由だけでも教えていただけませんか？」

ミーチャは悲しげな微笑を浮かべた。「わかりました。理由だけは言いましょう。おれが黙っているのは、おれにとって恥辱《ちじょく》だからです。親父を殺して金を強奪《ごうだつ》したと疑われるよりも、さらに比較にならないほど大きな恥辱なんです」

「恥辱？　殺人や強盗よりも？　それはいったい……」

「だめです、だめです。もうお終《しま》いです。これ以上はしゃべりません！」

その口調は断固たるものだった。

予審判事は、無理に聞き出そうとするのをやめた。しかし、検事の目つきから、彼がまだあきらめていないことを見てとった。

「では、別のお願いをしますが、このテーブルの上へ、あなたの持ち物を全部、出していただけませんか？　とくにお金は、持っていらっしゃるだけ残らずお出しください」

「なるほど。それは必要なことでしょう。おれもよくわかっていますよ」

彼はあちこちのポケットから、小銭に至るまで、すべて取り出した。数えてみると、八百三十六ルーブル四十コペイカあった。

「プロトニコフの店へ三百ルーブル払って、ペルホーチンに十ルーブル返し、御者に二十ルーブルやり、モークロエで二百ルーブル使い、それから……」

予審判事はすっかり勘定した。わずかな支払いも、いちいち計算に入れた。

「使った分と、残ったこの八百ルーブルを合わせると、ちょうど千五百ルーブルになります。最初に持っておられたのは千五百ルーブルということですか？」

「そういうことになりますね」とミーチャはぶっきらぼうに答えた。

「もっとずっと多かったとみんなが言っているのは、いったいどういうわけでしょう？」

「さあ」

「しかし、あなた自身でもそう言われたじゃありませんか」

「たしかに、言いましたね」

予審判事はいきなり立ち上がって、『あなたの衣類とその他いっさいの持ち物』に対して、精密な検査を行なう《必要と義務》があるときっぱり宣言した。

「どうか検査してください。ポケットを残らずひっくり返したっていいですよ」と言って、ミーチャは自分からポケットをひっくり返しはじめた。

「それじゃだめなんですよ。服を全部、脱いでもらう必要があります」

「なんだって！」

### 命令と恥辱《ちじょく》

ミーチャにとってはまったく思いがけない、驚くべきことがはじまった。上着を脱ぐくらいのことではなく、彼はもっと下のものまで脱ぐように頼まれた。頼まれたどころではなく、《命令された》のだ。彼はそうはっきり感じた。

自分のプライドと、相手への軽蔑の念から、あくまで口をつぐみ、彼らの言うとおりにしてやった。予審判事と検事のほかに、四、五人の農民まで入ってきた。『腕力が必要なときの用意にだな』とミーチャは思った。

「それで、肌着も脱がなくちゃならないんですか？」彼は鋭くたずねた。が、予審判事は答えなかった。検事と二人で、上着やズボンやチョッキや帽子を調べるのに夢中になっていた。『まるでおかまいなしにやってやがる。なんの遠慮も礼儀もない』

「もう一度お聞きしますが、肌着は脱ぐんですか、脱がなくてもいいんですか？」彼はいっそう鋭い調子で、いらいらしながら言った。

「すべきことはこちらから言いますから」と予審判事は返事をしたが、彼の声は妙に横柄《おうへい》だった。少なくともミーチャにはそう感じられた。

予審判事は襟《えり》や袖口《そでぐち》や、上着やズボンの縫《ぬ》い目を指でなでまわした。もちろんそれは、金を探しているのだった。ミーチャが金を服の中に縫いこんでいるかもしれない、それくらいのことはしかねない——そう疑っていることを、予審判事はミーチャに隠そうともしなかった。『まるで泥棒あつかいだ』

「肌着も脱いでいただかなければなりません。証拠物件として、非常に重要です」

ミーチャは顔を赤らめて、むっとした。

「裸《はだか》でいろと言うんですか？」と彼は大声を出した。

「ご心配なく、なんとかしますから。とにかく靴下も脱いでください」

「冗談でしょう？　本当にそんな必要があるんですか？」

「冗談どころではありませんよ」予審判事は厳然《げんぜん》と答えた。

「しかたないですね。脱がなければならないのなら……」とミーチャはつぶやいて、ベッドに腰かけて靴下を脱いだ。

たまらないほど気まずかった。みんなは衣服を着けているのに、自分は裸なのだ。不思議なことに、衣服を脱いでしまったとき、彼らを前にして、なんだか自分に罪悪があるような気がしてきた。自分は彼らより劣等で、彼らにはこちらを軽蔑する充分な資格がある、そんなふうに自分でも思えてきてしまったのだ。

予審判事と検事は出て行った。衣服も持って行かれた。

『おれを犬の子か何かのように思ってやがる』そう思ってミーチャは歯ぎしりした。

それでも、検査がすんだら、また衣服を持ってきてくれるんだろうと思っていた。ところが、そのとき予審判事が、まるで別な衣服を農民に持たせて来たのだ。

「さあ、服を持って来ましたよ」と自分の手柄のように予審判事は言った。「この宿の客が寄付してくれたんです。靴下と肌着はご自分のをお使いになってかまいません」

「他人の服なんか！」とミーチャは怒って叫んだ、「おれのを返してください！」

ミーチャを説《と》き伏《ふ》せるのに長いことかかった。血のついた服はもはや《証拠物件》であり、容疑が晴れるまで、彼らには《返却する権利》がないことを説明した。

ミーチャもついに承知した。彼は憂鬱《ゆううつ》そうに黙りこんでいたが、手早く服を着はじめた。服はかなり窮屈《きゅうくつ》で、他人の服を着ている彼は、自分が侮辱《ぶじょく》されているような気がした。

「さあ、お次は何ですか？　おれを鞭《むち》で打ちますか！」

「あなたのために、われわれはできるだけのことをしているつもりですよ」と予審判事は言った。「あなたが持っていらしたお金をどこから手に入れたかという、その出どころの説明をあんなに頑固《がんこ》に拒絶なさったから、それでわれわれとしては……」

「《恥辱《ちじょく》》を話せとおっしゃるんですね。たしかに、そうすれば濡《ぬ》れ衣《ぎぬ》を晴らすことができるでしょう。でも、それを打ち明けるくらいなら、いっそシベリア送りにでもなったほうがましです！　親父のところへ行って、ドアを開けさせ、そこから入ったやつが親父を殺したんです。そいつが金をとったんです。そいつが誰かということになると、さっぱりわかりません。でも、それは断じておれではありません！　おれにはそれしか言えません」

検事はじっとミーチャを見ていたが、とても冷静な落ち着き払った調子で話し出した。

「今あなたがおっしゃったドアのことについて、あなたが傷をおわせた老人のグリゴーリイから聞いた、非常に重大な証言を、あなたにお教えしましょう。彼は事件の夜、屋敷の庭の暗闇の中を逃げるあなたを見たとき、開いている窓もたしかに見たそうです。それと同時に、彼はドアも見ているんです。ドアは《開いていた》そうです。あなたが、ちゃんと閉まっていたとおっしゃった、そのドアです」

「ばかな！」ミーチャは飛び上がって叫んだ。「ドアが開いているのを見たなんて、そんなはずはない！　あのときはちゃんと閉まっていたんだから！」

「彼は《開いていた》とはっきり証言しているんです。まったく迷いなく断言しました」

「ありえません！　嘘《うそ》をついているか、そうでなければ錯覚です！」ミーチャは叫びつづけた。「頭を殴《なぐ》られて気絶したり血を流したりしたんで、そんな幻覚を見たんですよ！」

「しかし、ドアが開いているのを老人が見たのは、あなたに殴られた後ではなく、殴られる前の、まだまったく正気なときなんです。離《はな》れから庭に入ったときに見たんです」

「そんなはずが……。おれを恨《うら》んでそんなことを……？」ミーチャはあえぐように言った。

検事は予審判事のほうをふり向いて、「あれを出しなさい」と指示した。

「あなたはこの品をご存じですか？」と予審判事は、事務用の大きな封筒を取り出してテーブルの上へ載《の》せた。それにはまだ封印がしてあった。しかし、破られていて、何も入っていなかった。

ミーチャは目を丸くして、それを見つめた。「それは……親父《おやじ》の封筒ですよきっと。その中に三千ルーブルの金が入っていたんです。もし宛名があったら……ちょっと見せてください。『ひよこちゃんへ』やっぱりそうです！　三千ルーブルです」と彼は叫んだ。「しかし、お金はもう中に入っていませんでした。空の封筒が床に落ちていたんです」

数秒間、ミーチャは雷に打たれたように突っ立っていた。

「スメルジャコフだ!!」彼は突然、声の限り叫んだ。「親父を殺したのはあいつだ！　やつが盗んだんだ！　親父がどこに封筒を隠したのか、知っていたのはあいつだけだ！　こうなったらもう、あいつのしわざなのは間違いない！」

「しかし、あなたも封筒のことや、その封筒が枕の下にあることを、ちゃんと知っていたじゃありませんか」

「とんでもない！　ちっとも知りませんでした！　その封筒も、今、初めて見たんです。スメルジャコフから話に聞いていただけで。……枕の下にあると言ったのも、口からでまかせで、本当は何も知らないんです。隠してあったのはきっと別のところでしょう。スメルジャコフはなんと言っていますか？　本当に知っていたのは、あいつだけです！　あいつはおれにも、どこにあるか打ち明けなかったんです」とミーチャはいよいよ夢中になって叫びつづけた。「さあ、一刻も早く、あいつを逮捕してください！　おれが逃げた後、グリゴーリイが気を失って倒れている間に、スメルジャコフが殺したにちがいないんです。

あいつが合図をして、親父にドアを開けさせたんです！」

「しかし、あなたはまた大切なことを忘れていらっしゃる」控《ひか》え目ではあるが、もう勝ち誇ったような調子になって、検事は注意した。「あなたがまだ庭にいらっしゃったときに、もうドアが開いていたとしたら、合図をする必要なんかなかったんですよ……」

「ドア……ドア……」ミーチャはこうつぶやいたかと思うと、口をつぐんだまま、検事をじっと見つめた。彼は力がつきたように、ふたたび椅子に腰をおろした。

「まあ、考えてもみてください」と検事はもっともらしく言った。「一方には『あなたが庭にいたときに、ドアはたしかに開いていた』という証言があります。そして『封筒の中の三千ルーブルが消えた』という事実があります。また一方では『その直後に、あなたが大金を持っていた』という事実があります。そして、その金の出どころを、あなたはどうしても話そうとされません。たった十ルーブルのお金にも困っていたあなたが、瞬時にどうしてそんな大金を手にできたのか、われわれには見当もつきません。……さあ、こうした事情を踏《ふ》まえて、よく考えてみてください。われわれは何を信じたらいいのか、どう判断したらいいのか？　高潔《こうけつ》なあなたの言葉を信じないからといって、非難できますか？」

「わかりました！」青ざめた顔でミーチャは叫んだ。「どこから金を手に入れたのか、お話ししましょう。おれの秘密を、恥辱《ちじょく》をさらけ出しましょう！」

## 守り袋

「……あの金はおれのものだったんです」とミーチャは話しはじめた。

検事と予審判事は驚き、ぽかんとした。まったく予想外の告白だった。

「どういうことです？」と予審判事がようやく言った。「どこにそんなお金が……」

「首から取り出したんですよ、自分の首から。ぼろきれを縫《ぬ》って守り袋のようにして、そこに金を入れて、首にぶらさげてあったんです。もうひと月も前から、ずっと肌身離さず持っていたんですよ」

「しかし、誰からその金を……」

「『盗んだのか？』と言いたいんでしょう？　はっきり言ってくださって、いいんですよ。なにしろ、昨日の晩、とうとう盗んでしまったんですからね」

「昨日の晩？　あなたはたった今、ひと月前からとおっしゃったじゃないですか？」

「じつはひと月前に、おれの婚約者だったカチェリーナが、三千ルーブルの金をおれに渡して、モスクワの身内に送ってくれと頼んだんです。ところが、おれはそのとき……別の女を愛しはじめていたのです。そうです、今、下の階にいるグルーシェンカです。おれはグルーシェンカをモークロエに連れ出して、二日間で、その三千ルーブルの半分の千五百ルーブルを使ってしまいました。そして、残りの半分の千五百ルーブルを、守り袋に入れて首にぶらさげて、いつも持ち歩いていました。そして昨晩、とうとう袋を破って、使っちまったんです。予審判事さん、今あなたの手元にある八百ルーブルは、その残りです」

「失礼ですが、ひと月前にあなたがこのモークロエへ来てお使いになったのは三千ルーブルで、千五百ルーブルではなかったんじゃありませんか？　それは誰でも知っていますよ」

「いったい誰が知っているんです？　誰が勘定《かんじょう》しました？」

「三千ルーブル使ったって、あなた自身がみんなにおっしゃったじゃありませんか」

「言いました。町中に、そう言いふらしました。みんなもそう信じました。しかし、本当は千五百ルーブルだったんです。そして、あとの千五百ルーブルは袋の中に縫《ぬ》いこんだのです。そういうわけですよ、みなさん。昨日の金の出どころはそこなんですよ……」

「これじゃまるで手品だ……」と予審判事はつぶやいた。

「ちょっとおたずねしますが」と検事が口をはさんだ。「あなたはこのことを誰かに話しましたか？……つまり、ひと月前に、千五百ルーブルだけ残しておいたということを」

「誰にも言っていません。絶対に誰にも」

「どうしてそんなに秘密にしていたのですか？　カチェリーナから預《あず》かった三千ルーブル

を着服したということを、あなたは秘密にするどころか、自分から人に話しています。それなのに、残しておいた千五百ルーブルについては、必死で秘密にして、大変な恥辱《ちじょく》のようにおっしゃるというのは、私には理解できません。あなたは、このことを告白するくらいなら、シベリアに懲役にやられたほうがいいとまでおっしゃったんですからね」

「三千ルーブルの中から、千五百ルーブルを別にとっておいたということが恥辱なんです」

「それがわからないんですよ」検事はいらだたしそうに苦笑した、「すでにあなたが着服してしまった三千ルーブルを、今さら二つに分けようがどうしようが、なんの恥ずかしいことがあるんです？　だいたい、なんのために半分を取っておいたんです？」

「ああ、《なんのために》なのか、そこが肝心かなめのところです！」と、ミーチャは叫んだ、「おれが卑劣《ひれつ》だったから別にしたのです、つまり、おれには打算があったんです。そんな場合に、打算があるなんて、卑劣ですからね。しかも、その卑劣が、まるひと月もつづいていたんです」

「どうもわかりません」と検事。

「いいですか、頼まれた三千ルーブルを着服して、全部使ってしまって、『カチェリーナ、すまないことをした、きみの三千ルーブルで遊んで、すっからかんになってしまった』と言うんです、どうです、まるで抑《おさ》えのきかない人間で、獣《けもの》にも劣るやつです。しかし、それでも、泥棒ではないでしょう？　盗んだわけではないですから」とミーチャは言った。「ところが第二の、もっといい案があります。よく聞いてくださいよ。三千ルーブルの中から千五百ルーブルだけ、つまり半分だけ使うんです。そして翌日、残りの半分を差し出しながら、『カチェリーナ、千五百ルーブルを受け取ってくれ。おれは半分を使ってしまった。獣《けもの》のようなおれは、このままじゃあ、もう半分も使ってしまう』と言うんです。さあ、どうでしょう。もし泥棒なら、残った半分を返しに行かないですよね。カチェリーナのほうも、半分を返してくれたのだから、使ってしまった分もいつか返してくれるだろうと思うでしょう。だから、卑劣《ひれつ》な人間ではありますが、泥棒ではありませんね。なんと言われたってかまいませんが、決して泥棒ではありません！」

「まあ、いくらかはちがいがあるかもしれませんが」と検事は冷ややかに薄ら笑いしながら言った。「しかし、あなたがおっしゃるほどの大きなちがいでしょうか？」

「いや、たしかに大変なちがいがありますよ！　卑劣漢《ひれつかん》には誰でもなりかねません。ことによったら、誰もが卑劣漢かもしれません。しかしですね、誰もが泥棒ではありません。泥棒のほうが卑劣漢より下等です。それが、おれの信念なんですよ。いいですか、まるひと月のあいだ、おれはその金を持ち歩いていて、返すとなれば明日にでも返すことができます。そうすれば、もうおれは泥棒ではなくなります。ところがですよ、おれはその覚悟がつかないじゃありませんか。毎日毎日、そうしようと思いながら、毎日毎日、『さあ、早く覚悟を決めろ！』と自分を叱《しか》りつけながら、まるひと月ものあいだ、まだぐずぐずしているじゃありませんか。なんたることでしょう！」

「まあ、お気持ちはよくわかります」と検事はなだめておいて、「ですが、そもそも、なぜ半分を隠しておかれたのか、そのことをまだお答えくださっていませんよ。千五百ルーブルを、いったい何にお使いになるつもりだったのです？」

「ああ、そうそう、ほんとに！」とミーチャは額をたたいて叫んだ。「肝心なことを説明していませんでした。なにしろ、恥辱《ちじょく》なのは、この点なんですからね！　当時おれは、グルーシェンカが、おれにしようか、親父にしようか、迷っていると思っていたんです。で、もしもあの女が急に決心して、おれに向かって『あんたを愛しているわ。さあ、世界の果てまで連れてって』などと言い出したらどうしようと。なにしろ、十コペイカ銀貨二枚しか持っていなかったんですからね。その時分、まだあれの気性《きしょう》をよくわかっていなかったので、あれはきっと金を欲しがるだろう、こっちが貧乏だったら承知しないだろう、と考えたんです。それでおれは、悪賢く、あの三千ルーブルの中から半分だけ別にして、縫《ぬ》いこんだんです。決して衝動的にではなく、冷静にそういう計算をして、遊びに出かける前に、縫いこんだんです。縫いこんでしまってから、その残りで、遊びに出かけたんです。

いやはや、これは恥辱です！　さあ、これでおわかりになりましたか？」

検事も予審判事も笑い出した。「あなたが我慢して、全部使ってしまわなかったのは、むしろいいことじゃないですか。それのどこがいけないというのですか？」

「ああ、まったく、あなたたちの無理解は、恐ろしいほどです！　おれは千五百ルーブルという金を首からぶらさげている間ずっと、毎日、毎時間、自分に向かって『おまえは泥棒だ！　おまえは盗んだんだ！』と言いつづけていました。そうです、おれがこのひと月、乱暴ばかりしていたのはそのせいです。弟のアリョーシャにさえ、千五百ルーブルの金のことを話す決心がつかず、勇気もなかったんです。おれは、自分をそれほどの卑劣漢《ひれつかん》、悪党だと感じていたのです」とミーチャは言った。「しかし一方では、おれはこんなふうに自分に言い聞かせていました。『いや、おまえはまだ泥棒にならずにすむぞ』と。なぜなら、明日にでもカチェリーナのところに行って、千五百ルーブルを返すこともできるからです。……ところが、昨日の夜ついに、フェーニャのところからペルホーチンの家に行く途中で、この守り袋を首から引きちぎってしまおうと決心したんです。その瞬間まで、どうしてもそれができずにいたのです。いよいよそれを引きちぎったとき、はじめておれは、まぎれもない泥棒になったのです。一生取り返しのつかない、破廉恥《はれんち》な人間になってしまったのです。カチェリーナのところへ行って、『おれは卑劣漢だが、泥棒ではない！』と言おうと思っていた空想まで、袋もろとも、すっかり引き裂いてしまったんです」

「どうして、昨夜になって、そんな決心がついたのです？」と予審判事が口をはさんだ。

「どうしてですって？　わかりきっているじゃないですか。自殺するつもりだったからですよ。死ぬからには、潔白《けっぱく》だろうが泥棒だろうが、同じことだと思ったんです。……でも、同じではありませんでした。おれは昨晩から、『自分はとうとうあの忌《い》まわしい金を使ってしまった。そして、純然たる泥棒になってしまった』という意識にずっと苦しめられました。……みなさん、人間は清廉《せいれん》潔白で死ななければなりません」

ミーチャは真っ青になっていた。ひどく興奮していたが、疲れきってもいた。

「あなたのお気持ちが少しずつわかってきました」と検事がやさしく言った。「しかし、以前あなたは三千ルーブル使ったとみんなにおっしゃったし、昨日もまた、三千ルーブル持って来たと、たしかにおっしゃっています。それが嘘《うそ》だとしたら、なぜそんな嘘を？」

「さあ……たぶん……自分が縫《ぬ》いこんだ金のことを忘れたかったんでしょう……」

「あなたが首にさげてらした守り袋というのを、見せていただけないでしょうか？」

「もう持ってませんよ。首から引きちぎって金を取り出して、捨てたんです」

「引きちぎって捨てた場所は、どこです？　道ですか？」

「広場だったと思います。ああもう、そんなことを聞いてどうするんです？」

「それは非常に重要ですよ。あなたの利益になる証拠物件ですから。なぜそれがおわかりにならないんでしょう？　ひと月前にお金を縫《ぬ》いこむのを、手伝ったのは誰ですか？」「誰にも手伝ってもらいません。自分でしたんです。軍人は縫い物もできなければならないんです」

「その材料、つまりお金を縫いこんだ布を、あなたはどこから入手したんですか？」

「忘れました。そんなぼろきれくらい、そこらから持って来たんでしょう」

「では、針はどこから持って来たんです？　糸は？」

「もう、たくさんだ！」ミーチャはとうとう怒り出した。「なんだっておれは、自分の秘密をあんたたちに打ち明けるようなことをしちまったんだ！」

彼はうなだれて両手で顔をおおった。検事も予審判事も黙った。もう朝の八時になっていた。灯《あか》りはとっくに消されていた。誰もが非常に疲れていた。

## 証人たち

引きつづき、証人たちの事情聴取《じじょうちょうしゅ》がはじまった。とくに念入りに確認されたのが、三千ルーブルの問題であった。ひと月前の最初のとき、ミーチャがこのモークロエで使った金は三千ルーブルであったか千五百ルーブルであったか。そしてまた、昨日の二回目の豪遊のときは、三千ルーブルであったか千五百ルーブルであったか？　全員の証言が、ことごとく、ミーチャにとって不利なものであった。彼の利益になることはひとつもなかった。

最後にグルーシェンカの番がまわってきた。彼女はひどく青い顔をしていて、寒そうで、見事な黒のショールにすっぽりとくるまっていた。実際、このとき彼女は軽い悪寒《おかん》を覚えていて、それがこの夜から長いこと彼女を苦しめた大病の最初の徴候《ちょうこう》であった。

予審判事は『なるほど美しい』と思った。そんなことを思ったのは、このときが初めてだった。彼は少しためらいを覚えながら、それでもなるべく丁重な態度でこうたずねた。

「退役陸軍中尉ミーチャ・カラマーゾフとはどういうご関係でしたか？」

グルーシェンカは包み隠さず答えた。ミーチャを好ましく思ったことは《ときたま》あったけれど、愛してはいなかった。けれども、自分の《みにくい悪意》から、彼の心も、彼の老父の心も奪《うば》ったのだった。ミーチャが自分のことでフョードルや他の人たちにも嫉妬していたことは知っていたが、むしろそれを楽しんでいた。フョードルのところへ行こうなどとは、一度も思ったことがなく、ただからかっていただけだった。

「それにこの一カ月というものは、二人にかまっている余裕もないくらいでした。あたしはもうひとりの男、あたしにすまないことをした男を待っていたのです」

「彼があなたに『父親を殺す』と言ったことはありませんか？」と予審判事がたずねた。

「ええ、言いました」とグルーシェンカは、ため息をついた。

「それであなたは、彼がそれを実行するだろうと思っておられましたか？」

「いいえ、一度も本気にしたことはありません！」彼女はきっぱりと答えた。「あの人の高潔《こうけつ》さを信じていました」

「グルーシェンカ！」と突然ミーチャが叫んだ。「神さまを、そしておれを信じてくれ。親父の血については、おれには何の罪もないんだ！」

グルーシェンカは予審判事のほうを向いて、「今のこの人の言葉を信じてやってください！　あたしはこの人をよく知っています。良心に逆らって、罪を逃れようとするような人じゃありません。真実を言っているんです。信じてやってください！」

「ありがとう、グルーシェンカ！　おかげで元気が出たよ」ふるえる声でミーチャが言った。

彼女は出て行った。ミーチャはすっかり元気を取り戻したように見えた。しかし、それは一瞬のことだった。どうしようもなく、ぐったりしてきて、自分を支えるのが難しかった。疲労のため、まぶたが自然と閉じていった。ふらふらと立ちあがり、片隅のカーテンのかげへ行くと、敷物でおおってある大きな箱の上に横になり、たちまち眠りに落ちた。

第3章

# 殺したのは誰なのか？

殺したのはあなたじゃない。
あなたは思いちがいをしています。
人殺しはあなたじゃないんです。
いいですか、あなたじゃないんです！
「あなたじゃない」という言葉を、
ぼくは命がけで言ったんです。

## カラマーゾフ家

フョードル・カラマーゾフはこの地方の地主であった。といっても、当初の財産はわずかなものだったのだが、死ぬまでに十万ルーブルもの金を貯《た》めこんでいた。お金に関しては、やり手だったのだ。しかし、人柄に関しては、強欲で俗物で好色で常識外れと、評判はさんざんだった。

裕福な名門の貴族の娘と結婚したが、結婚後、娘はたちまち後悔し、三歳の息子ミーチャを残して、別の男と駆け落ちし、若くして亡くなった。

フョードルは子供をほったらかしにしたので、ミーチャを養育したのは召使《めしつかい》のグリゴーリイだった。四歳のときにミーチャは、亡くなった母の親戚に引き取られ、その後、親戚の家を転々とすることに。中学の途中で陸軍の幼年学校に入り、将校にまで昇進する。かっとなりやすい情熱的な性格で、遊び好きで、金づかいも派手だった。しかし、表裏がなく、真っ直ぐで、野生的な魅力があり、女性にはモテた。

父親のフョードルと再会したのは、成人してから、自分の財産に関する話し合いをするために、この町にやってきたときだった。そのときは、ある程度の額を受け取り、とりあえず立ち去ったのだが、きちんと話をつけるために再度やってきてみると、もはや自分の取り分はないことになっていた。ミーチャはびっくりし、父親の不正を疑った。

四歳のミーチャをやっかい払いした後、フョードルはすぐに再婚した。

相手はソフィアという十六歳の娘で、二度目の結婚生活は八年ほどつづいた。イワンとアリョーシャという二人の息子が生まれた。しかし、夫との生活に苦しみ、この二度目の妻も若くして亡くなる。

イワンとアリョーシャも召使のグリゴーリイが養育していたが、亡くなった母の知り合いにひきとられる。イワンは優秀で、十三歳のときにモスクワの有名な全寮制の学校に入り、大学まで進み、新聞や雑誌に文章を発表して、文壇《ぶんだん》にまで知られるようになっていた。

そして最近、教会に関する奇妙な論文を新聞に発表し、多くの人に衝撃を与えた。そこに書かれていたイワンの思想とは、それにかぶれた青年によると、『永遠の神が存在せず、来世も存在しないとしたら、善行も悪行も存在しない。何をしようと、すべてが許される。これまでの道徳観では悪とされるようなエゴイズムでさえ、人間には許されるべきであって、むしろそのほうが賢明でさえある』というようなものだった。

そんなイワンがなぜ町に戻ってきたのか、みんな不思議がった。父親の金が目当てではないのはあきらかだったし、酒を飲んだり騒いだりするのが嫌いなイワンが、それが大好きな父親に会いたがるとも思えなかった。

じつは、イワンがこの町に戻ってきたのは、ミーチャと、その婚約者のカチェリーナのためでもあった。


カチェリーナは、ミーチャの元上司の中佐の娘だった。その中佐が公金横領の罪に問われ、自殺しかけたことがあった。カチェリーナは父を助けるために、その誇り高さにもかかわらず、自分の身を捧《ささ》げるつもりで、ミーチャの下宿を訪ねた。しかし、ミーチャは彼女に指一本ふれることなく、五千ルーブルという大金を渡した。カチェリーナは、ミーチャの足もとにひれ伏すかのように深々とお辞儀をして、部屋を出て行ったのだった。

その後、カチェリーナは親類の将軍夫人の相続人となり、お金に何不自由のない身の上となった。すると、カチェリーナはミーチャに手紙を出し、「わたしの夫となってください」と婚約を申し込んだのだった。

カチェリーナはそのときモスクワにいて、ミーチャはどうしても自分でモスクワに行くことができなかった。そこで、モスクワにいる弟のイワンに手紙で頼んで、カチェリーナに会ってもらった。

ところが、イワンはカチェリーナを好きになってしまい、カチェリーナのほうもイワンを尊敬し、愛するようになったのだった。

しかし、それでもカチェリーナはミーチャの婚約者でありつづけた。ミーチャはそのことについて、「彼女が愛しているのはおれじゃなくて、彼女自身の善行なんだ」とアリョーシャに語ったことがある。

カチェリーナは今、ミーチャのいる、この町にやってきていた。しかし、ミーチャはこの町で、妖艶《ようえん》で奔放《ほんぽう》なグルーシェンカと出会い、夢中になっていたのだった。


三男のアリョーシャだけは、一年ほど前からこの町に戻っていた。

彼は四歳で母親に死なれたにもかかわらず、その面影をおぼえていた。十九歳のとき、彼は故郷の町に戻りたいと言い出した。母の墓参りをするためだった。

そして、この町の修道院の有名なゾシマ長老と出会い、心から敬服し、修道院に入ったのだ。薔薇《ばら》色の頬をした、まなざしの明るい、健康な青年だった。

こうして父親と三人の息子は、生涯で初めて全員がひとつの場所に集まったのだった。

ミーチャは二十八歳、イワンは二十四歳、アリョーシャは二十歳だった。

## グルーシェンカが漏《も》らした秘密

アリョーシャは、ゾシマ長老に非常に目をかけてもらい、長老の僧庵で暮していた。しかし、ゾシマ長老は亡くなる前に、「おまえはこの壁の外に出て行っても、修道僧でありつづけるだろう」と、アリョーシャを俗世間に戻すことを決めた。

ゾシマ長老は、ミーチャを見て、「あの人の将来には大きな苦悩が待ち受けている」と見抜いていた。そして「弟であるおまえが助けになれば」と、アリョーシャを兄のもとに向かわせた。

しかし、ゾシマ長老が亡くなり、アリョーシャがショックを受けていたその日に、殺人事件は起きてしまったのだった。

そして、ミーチャが逮捕された。

それから二カ月近くが経ち、明日はいよいよ裁判の日だった。

ミーチャの逮捕から三日目に、グルーシェンカはひどい大病にかかり、五週間近くも寝こんでいた。しかもその内の一週間はまったく人事不省《じんじふせい》の状態だった。この二週間でようやく回復してきて、外出もできるほどになったが、以前よりやせて、青白い顔をしていた。しかし、彼女のまなざしには、なにか聡明で善良な落ちつきがあらわれていた。しっかりとした決意のようなものが、彼女の中に感じられた。以前のはすっぱな感じは、もうあとかたもなかった。

もうひとつ、アリョーシャが不思議に思ったのは、彼女が若々しい快活さを失っていないことだった。なにしろ、婚約した直後に、その婚約者が目の前で父親殺しの嫌疑で逮捕され、有罪判決はほとんど避けられない見通しなのだ。しかも、自分はひどい病気にかかって苦しんだ。この哀《あわ》れな女性を、それほどの不幸が襲《おそ》ったのだった。

グルーシェンカを見舞ってから、アリョーシャはミーチャのいる監獄に向かっていた。グルーシェンカのところで意外なことを耳にしていた。

「イワン兄さんが、ミーチャ兄さんのところに面会に行っているんですか？」

「まあ、あたしったら！　つい口がすべっちゃって！」とグルーシェンカは顔を赤くして、どぎまぎした。「もう仕方ない、すっかり話してしまうわね。イワンはね、ミーチャのところに二度行ったの。最初は町に帰って来てすぐ。もう一度は、一週間前のことなの。そしてイワンはミーチャに、アリョーシャにはこの話をしないでくれ、決してしないでくれ、誰にも言っちゃいけないって、口止めしたの」

## 監獄

アリョーシャが監獄の門のベルを鳴らしたとき、あたりはもうすっかりたそがれていた。ミーチャは面会所の長椅子に腰をおろし、アリョーシャを隣りにすわらせた。

「明日が裁判ですね」とアリョーシャは言った。

「ああ。それにしても遅かったな。おまえが来るのをじりじりして待っていたんだぞ」

アリョーシャはグルーシェンカのところに寄ってきた話をした。

「イワンのことか……。よし、アリョーシャ、おれたちの秘密をおまえに打ち明けるよ！」

彼は周囲を見まわし、ひそひそ声で話しはじめた。「いずれ打ち明けるつもりだったんだ。だっておまえに相談しないで何が決められる？　おまえはおれの守護天使なんだからな。じつは、イワンがおれに脱走をすすめているんだ。手はずもすっかり整っているらしい。グルーシェンカといっしょにアメリカへ行けと言うんだよ。だって、徒刑囚は結婚させてもらえないだろ？　でもグルーシェンカがいなかったら、どうして地の底でハンマーをふるってられる？　そのハンマーで自分の頭をたたき割るしかないじゃないか！……だが、その一方で良心の問題があるだろ。なんと言っても苦しみから逃げ出すわけだからな！」

アリョーシャはひどく驚いて聞いていたが、心を揺さぶられてもいた。

「ひとつだけ聞かせてくれませんか」と彼は言った。「誰が最初に思いついたんです？」

「イワンだよ。一週間前に面会にやってきて、いきなりその話をしはじめたんだ。ひどく熱心で、すすめるというより、命令調なんだ。もう準備もすっかりできていて、しかも、脱走の費用として一万ルーブル、アメリカ行きに二万ルーブル出そうと言うんだ」

「それでぼくには決して言うなというわけですか？」アリョーシャがまたたずねた。

「絶対に誰にも言うな、とくにおまえにはどんなことがあっても話してはいけないと言っていた。きっと、おまえがおれの前に良心のように立ちふさがるのを怖れているんだよ」

「でも、まさか兄さんは、無罪になる望みを完全になくしてしまったんですか？」

ミーチャはびくりとした。

「……イワンのやつは、おれに脱走をすすめながら、おれが殺したと信じているんだ！」

悲しげな微笑が彼の唇《くちびる》に漂《ただよ》った。

アリョーシャがもう帰ろうと部屋を出かかったところで、ミーチャがふいに呼び止めた。

「おれの前に立ってくれないか、そうだ、それでいい」

ミーチャは両手でアリョーシャの肩をつかんだ。ミーチャの顔が、暗闇の中でもわかるほど急にまっ青になった。唇はぎゅっと結ばれ、目はじっとアリョーシャを見つめていた。

「アリョーシャ、おまえは、おれが殺したと疑っているのかい、それともおれを信じているのかい？　正直なところを言ってくれ、嘘は言わないでくれ！」

アリョーシャは、何かで心臓を刺されたように感じた。

「ぼくは一瞬だって、兄さんが人殺しだなんて思ったことはありません！」

アリョーシャの胸から、ふるえる声がほとばしった。

ミーチャの顔が幸福感に輝きわたった。「ありがとう！」と言ったその声は、まるで失神から我《われ》に返った人の長いため息のようだった。「おまえは今、おれを生き返らせてくれたよ。おれは、このことをおまえに聞くのが怖かったんだ。これで明日の勇気がわいた」

アリョーシャは涙を流しながら外へ出た。これほどまでに兄が絶望していたとは。胸が痛み、限りない同情がわいた。

彼はイワンのところに行こうと思った。もう朝のうちからどうしてもイワンに会わなければと思っていたのだった。今、その思いがより強くなっていた。

## イワンの疑惑

カラマーゾフ家の次男のイワンは、父親の屋敷にいっしょに住んでいたのだが、殺人のあった日の朝十時に、召使《めしつかい》のスメルジャコフに「チェルマーシニャ村に行く」と言い、実際にはモスクワに向かった。帰郷する前に住んでいたモスクワに。父が殺されたという知らせを受けて、イワンがモスクワから戻って来たのは、葬式の翌日で、事件が起きてから、もう五日も経っていた。

イワンの帰りが遅れたのは、イワンのモスクワの住所を誰も正確に知らなかったからで、彼が訪ねて行きそうな家に電報を打ったが、イワンがそこを訪ねたのは四日目のことだった。電報を読むと、取るものも取りあえず、町に戻って来たのだ。

戻って最初に会ったのは、弟のアリョーシャだった。アリョーシャは、犯人はミーチャではなく、スメルジャコフだと言った。スメルジャコフの名前が出てきたことに、イワンはひどく驚かされた。

その後、警察署長や検事に会って、起訴や逮捕の詳細を知ると、ミーチャが犯人なのは間違いなさそうに思われた。それだけに、アリョーシャがスメルジャコフの名前を出したことに対する驚きはいっそう強まった。だが、弟がそんなふうに信じこんでいるのは、兄のミーチャに対する愛情からだろうと、イワンはそう判断した。

イワン自身は兄のミーチャをひどく嫌っていた。ときには同情を覚えることもあったが、そこにも嫌悪に近い軽蔑がまじっていた。性格はもちろんのこと、その外見だけでさえ、彼にとっては不快だった。カチェリーナが兄を愛していることにも、強い嫌悪を感じた。それでも、到着当日に、ミーチャのところに面会に行った。その結果、彼が犯人だという確信は弱まるどころか、かえって強まった。兄は病的に興奮していて、乱暴な口のきき方で、べらべらとよくしゃべったが、どこかうわの空で、スメルジャコフが犯人だという説明も支離滅裂《しりめつれつ》だった。イワンに対しても、《神がいなければ、すべてが許される》などと公言しているやつに自分を疑ったりする権利はないと、くってかかる始末だった。

イワンはミーチャとの面会の直後、その足でスメルジャコフを訪ねた。モスクワから戻る列車の中で、彼はずっとスメルジャコフのことを考えていた。《出発の前日の夕方》に、彼と交わした会話のことを思い返していた。思い出されるひとつひとつのことが心をかき乱し、あれこれ考えるほどに疑わしく思われてならないのだった。

## 殺人の前日の夕方

《出発の前日の夕方》——つまり殺人が起きた日の前日の夕方、出かけていたイワンが父親の屋敷に戻ってくると、門のそばのベンチに、召使のスメルジャコフが腰をおろして、夕涼みをしていた。

町の信心深い人たちから『神がかり行者』としていろいろ恵んでもらいながら、町を徘徊《はいかい》していたリザヴェータという女性が、カラマーゾフの屋敷の庭に入りこんで産み落とした子供が、スメルジャコフだった。リザヴェータはそのまま息を引きとった。

父親はフョードルだという噂《うわさ》がたち、彼はそれを否定していたものの、おもしろがってもいた。彼は子供を引き取った。スメルジャコフという名前をつけたのも彼である。

スメルジャコフは、召使のグリゴーリイとマルファによって育てられた。夫婦は自分たちの赤ん坊を亡くしたばかりだった。グリゴーリイはマルファに言った。「この子は、死んだ坊やが授けてくれたんだ。この子は、悪魔の息子と、信心深い娘の間にできた子だ」

スメルジャコフが十二歳のとき、てんかんの発作が起こり、一生つづく持病となった。

十五歳の頃、かなりの潔癖症であることがわかってきた。それを知ったフョードルは、スメルジャコフを料理人にすることに決め、モスクワに修業に出した。戻ってきたときには、申し分のない腕前になっていた。以来、カラマーゾフ家の料理人を務めている。

あるとき、酒に酔ったフョードルが、虹色の百ルーブル札を三枚、うっかり自宅の庭で落としたことがあった。翌日になって気づいてあわてていたら、その三枚の札はテーブルの上にちゃんと置いてあった。スメルジャコフが拾って届けていたのだ。

「おまえみたいなやつは見たことがない！」とフョードルは驚き、以来、スメルジャコフの正直さを信じ、ものをとったり盗んだりすることなど絶対にないと、固く信じていた。そして、フョードルは彼を愛してさえいた。

こうしてスメルジャコフは、召使《めしつかい》として、グリゴーリイとマルファといっしょに召使用の離《はな》れで暮らしていたのである。

この町へ帰って来た当初、イワンはスメルジャコフに対して、同情も覚えたし、非常に独創的な人間だとさえ考えるようになった。

しかし、《出発の前日の夕方》、門のそばのベンチにすわって夕涼みをしているスメルジャコフを見て、イワンは気づいた。この男のことが、我慢ならないほど嫌いになっていた。とくにこの何日か、ほとんど憎悪に近い感情が、どんどん増してきていた。

この召使に、自分と話をするように仕向けたのは彼自身だった。哲学的な問題も語り合ったし、宗教的な問題も語り合った。しかし、どんな場合でも、限りない自尊心、それも傷ついた自尊心が、ちらつきはじめるのだった。イワンはそれがひどく気にさわった。

その後、家庭内にごたごたが起こって、グルーシェンカが現われたり、ミーチャの騒ぎが起きたりして、二人はそのことについても語り合った。そんなとき、スメルジャコフはとても興奮して話したけれど、いったいどうなればいいと思っているのか、まるで見当がつかなかった。

だが、なによりイワンをいらだたせ、嫌悪の情をつのらせたのは、最近のスメルジャコフの妙になれなれしい態度だった。といっても、無礼な態度をとるわけではなく、それどころかとても丁重《ていちょう》な口のきき方をする。しかし、どうしてなのか、イワンとの間に何か密約でもあるかのような、思わせぶりな話し方をするのだ。何を話しているか、二人にだけはよくわかっているけれど、周りの凡人《ぼんじん》たちにはとうていわかりっこない、というような口調なのだ。

この日、嫌悪感といらだちを覚えながら、イワンは無言のまま、スメルジャコフのほうを見ないようにして、さっさと門を通ろうとしたのだが、その瞬間に、スメルジャコフがさっとベンチから立ち上がった。

何か特別な話があるんだと、その立ち上がり方だけで、イワンにはすぐにわかった。彼は立ち止まった。そして、立ち止まってしまったことに、激しい怒りを感じた。

イワンはスメルジャコフをにらみつけた。スメルジャコフは少し目を細め、『通り過ぎてしまわれないところをみると、お互いに利口なわたくしたちには、話すべきことがあるようですね』とでもいうように薄笑いを浮かべていた。イワンは身ぶるいをした。『私はきさまなんかの仲間じゃないぞ！』と怒鳴りつけてやりたいと思ったが、自分でも驚いたことに、口をついて出たのは、まったくちがう言葉だった。

「父はまだ寝てるかい？　もう起きたかい？」とやさしくたずねて、彼はベンチに腰をおろした。そんなことをしようとは、思っていなかったのに！　この瞬間、彼はほとんど恐怖に近いものを感じた。そのことは後《あと》になってもよく覚えていた。

スメルジャコフは両手を背後へ回したまま、イワンの前に立って、自信ありげなまなざしを向けた。「まだおやすみでございます」と彼はゆっくりと答えた（『声をかけたのはそちらで、わたくしのほうではありませんよ』とでも言っているようだった）。

「あなた様は、どうしてチェルマーシニャ村へお出かけになりませんので？」と言うと、スメルジャコフはなれなれしく微笑んだ。『どうして笑ったか、わかるはずですよ。賢いお方《かた》ならね』と、細められた彼の左目が言っているようだった。

「何のために、私がチェルマーシニャ村に行くんだ？」イワンはわけがわからなかった。

スメルジャコフはしばらく黙っていた。

しかし、イワンが立ち上がろうとすると、その瞬間にしゃべり出した。

「わたくしはどうしたらいいのかわからないのです」と、スメルジャコフはため息をついてみせた。「フョードル様は、お目覚めになったらすぐに、『どうだ、グルーシェンカは来なかったか？　どうして来なかったんだ？』と、わたくしを責め立てつづけて、それが真夜中過ぎまでつづくんです。一方では、薄暗くなりかかると、今度はミーチャ様がピストルを持ってお見えになりまして、『グルーシェンカがここへ来たことを、もしおれに知らせなかったら、誰より真っ先にきさまを殺してやるからな』と脅《おど》かすんです。お二人とも、日ごとに、いえ、一時間ごとに、ますます怒りっぽくなっていかれるので、怖ろしさのあまり、いっそ自殺してしまおうかと思うことさえあります。イワン様、わたくしは、明日にもきっと長い発作が起きそうな気がしてならないんです」

「長い発作って、何のことだ？」

「てんかんの長い発作でございます。何時間も、いえ、ことによったら一日も二日もつづくかもしれません。一度、三日間つづいたことがあります。そのときは屋根裏から落っこちました。明日は、穴蔵へ落っこちるかもしれません。穴蔵へ行く用事がございますから」

「でも、てんかんという病気は、いつ発作が起きるか、前もってわからないそうじゃないか。どうしておまえは、明日起きるなんて言うんだ？」

「おっしゃる通りです。前もってわかるものではありません」

イワンは長い間、スメルジャコフをじっと見つめていた。

「どうもおまえの言うことはよくわからない。明日から三日間、わざとてんかんの発作のふりでもするつもりなのか？」

スメルジャコフはにやにや笑いながら言った。「もしわたくしがそんなことをするとしても――てんかんの発作の経験のある者には、そのふりをするのは難しいことではありませんからね――自分の命を助けるためにやるのですから、仕方のないことですよ。わたくしが病気で寝ていれば、たとえグルーシェンカ様がフョードル様のところへお見えになったとしても、ミーチャ様は『なぜ知らせなかった！』と責めるわけにはいきませんから」

「兄はおまえなんか殺しはしないよ」

「でも、怖ろしいことがまだ別にありますよ。もしミーチャ様がフョードル様に対して、何かばかなことをしでかしてしまった場合、わたくしが共犯だと思われかねません」

「どうしておまえが共犯だと思われるんだ？」

「わたくしがミーチャ様に合図のことを教えてしまったからですよ」

「合図？　なんのことだ？」

「フョードル様のお考えなんです。『グルーシェンカはミーチャを恐がっているから、夜遅くになってから、裏道を通ってやってくるにちがいない。だから、きさまは夜遅くまで見張りをしろ。グルーシェンカがやって来たら、窓かドアをたたいて合図をするんだ』と」

ここでスメルジャコフは、合図についてイワンにくわしく教えた。

「フョードル様はこの頃、夜になると部屋の内側からドアに鍵をおかけになります。そして、この合図以外では、決してお開けにならないのです。この合図を知っているのは、フヨードル様とわたくしの二人だけです。それがミーチャ様にも知れてしまったのです」

「きさまが教えたんじゃないか！　どうしてそんなことをしたんだ？」

「怖ろしいからでございますよ。ミーチャ様は毎日のように『きさまはおれに何か隠してるんじゃないか？　もし何か隠し事をしたら、きさまの両足をたたき折ってやるからな！』と脅《おど》かされるのです。それでわたくしはあの人にこの秘密をお教えしたのです」

「もし兄がその合図を使って押し入りそうになったら、きさまが止めるんだぞ！」

「でも、発作で倒れていましたら、どうしようもないではありませんか」

「ああ、もう！　どうして発作が起きると決めてるんだ！　私をからかっているのか？」

「あなた様をからかうだなんて、どうしてそんな大それたことができるでしょう。なんだか、発作が起こりそうな気がするんです。怖ろしいと思うだけでも起きるんですよ」

「もしきさまが寝こんでも、グリゴーリイが見張りをするさ。前もって言っておけば、あれなら決して兄貴を入らせやしない」

「グリゴーリイは、昨日から具合がよくありません。年に三度ほど腰が痛むのです。そんなときは薬酒で療治《りょうじ》をします。マルファがグリゴーリイの背中に薬酒をすりこんで、残った分を二人で飲むんです。そうすると、二人ともぐっすり寝こんでしまいます。その治療を、明日の晩、やることになっているんです」

「なんてことだ！　タイミングがよすぎるじゃないか！　きさまは発作を起こすし、グリゴーリイ夫婦は酒を飲んで寝てしまうなんて！」とイワンは叫んだ。「だが、父は夢を見ているだけで、グルーシェンカは決して来やしない。あの女が来なければ、兄だって何もするはずがない」

「ミーチャ様は、わたくしが病気になれば、何も聞き出せなくなるわけですから、心配で我慢しきれなくなって、部屋の中の様子を見にいらっしゃるかもしれませんよ。しかも、三千ルーブルのお金を入れた封筒が部屋の中にあることも、ちゃんとご存じなんです」

イワンはほとんど我《われ》を忘れて怒鳴った。「兄は金を盗むような男じゃない！　かっとなって乱暴することはあっても、金を盗みに来て、親を殺したりは決してしない」

「でも、ミーチャ様は今、どうしても三千ルーブルが必要なんです。あなた様はご存じないでしょうけど。そのうえ、ミーチャ様はその三千ルーブルを、まるで自分のもののように思っておられるのです。『親父はおれにまだ三千ルーブルを支払う義務がある』とわたくしにおっしゃいました」とスメルジャコフは落ち着き払って説明した。「それにですよ、よくお考えになってみてください。グルーシェンカ様は、その気になりさえすれば、フョードル様と結婚できるんですよ。フョードル様をまるめこむくらい、あの方《かた》には簡単なことです。利口な女性ですから、ミーチャ様のような一文無しとは結婚するはずがありません。そうなったら、ミーチャ様にしろ、あなた様にしろ、アリョーシャ様にしろ、フョードル様の遺産を一ルーブルだってもらえはしませんよ。なぜかと申しますと、結婚すればグルーシェンカ様は、すべての財産の名義を自分に書き換えてしまわれるでしょうからね。——ところが、今すぐにお父様がお亡くなりになれば、三人のご子息は確実に、それぞれ四万ルーブルずつのお金を受け取ることができるんです」

イワンの顔がゆがみ、ふるえた。彼は急に赤くなった。

「じゃあ、なんだってきさまは、そんな事情があるのに、チェルマーシニャ村へ行けなどと私にすすめるんだ？　私が行ってしまえば、その後で大変なことが起きるじゃないか！」

「まったくおっしゃるとおりです」とスメルジャコフは静かに言い、イワンを見つめた。

「何がおっしゃるとおりなんだ？」

「わたくしはあなた様がお気の毒で申し上げたのです。わたくしがあなた様の立場でしたら、こんなごたごたにかかわっているよりは、いっそ何もかもほうり出して、どこかへ行ってしまいますよ……」ぎらぎらと光るイワンの目を見返しながら、スメルジャコフはこう答えた。二人とも黙りこんだ。

「きさまはどうしようもない、ばかだ。それだけでなく、恐ろしい悪党だ！」

突然、イワンはベンチから立ち上がった。痙攣《けいれん》でも起こしたように、唇《くちびる》を噛《か》み、拳《こぶし》を握りしめた。次の瞬間、スメルジャコフに殴《なぐ》りかかりそうだった。

スメルジャコフもそれに気づいて、ぎくりとして、身を引いた。

しかし、その瞬間は無事に過ぎた。イワンは黙ったまま、門のほうを向いた。

「私は明日の朝、モスクワへ立つよ」とイワンは言った。後《あと》になって考えたとき、どうしてそんなことをスメルジャコフに言ったのか、我《われ》ながら不審《ふしん》でならなかった。

「それがいちばんでございますよ」と、スメルジャコフはこの言葉を待っていたかのように相づちを打った、「もしこちらで何か変わったことが起きたときには、電報でお呼びすることになるかもしれませんが」

イワンはもう一度立ち止まって、「きさまがチェルマーシニャ行きをすすめるのは、モスクワは遠くてチェルマーシニャは近いからか？　戻るのが大変じゃないようにということか？」

「まったくおっしゃるとおりです……」とスメルジャコフはかすれた声でつぶやいた。笑みを浮かべ、いつでも後ろにとびすされるように身構えていた。

ところが驚いたことに、イワンはからからと笑い出した。そして、笑いながら門の中に入って行った。このときもし誰かがイワンの顔を見ていたら、彼が愉快で笑い出したのではないことに気づいただろう。このとき何を思っていたか、彼自身にも説明ができなかったにちがいない。

## 賢い人とはちょっと話すだけでも面白い

その夜、かなり遅くまで、イワンは眠らないで物思いにふけっていた。とりとめのない、恐ろしい興奮にとらわれて、混乱していた。突然、やもたてもたまらず、階下へ降りて、スメルジャコフを打ちのめしてやりたくなることもあった。頭が痛み、めまいがした。

彼はときどきソファから立ち上がって、そっとドアを開けて、階段の上まで行って、下のほうに向かってじっと耳をすました。そして、フョードルが下の部屋で身動きをしたり歩いたりする物音に聞き入った。奇妙な好奇心にとらわれて、息を殺し、胸をおどらせながら、五分間もじっとしていた。しかし、何のためにこんなことをするのか、何のために耳をすますのか、それは彼自身にもわからなかった。

この《行為》を、彼はその後、一生の間、《卑劣《ひれつ》》な行為と呼んでいた。心の底で、一生の間で最もみにくいふるまいだと思っていた。

夜中の二時を過ぎて、あたりがしんと静まり返り、もうフョードルも眠った頃に、イワンはすっかり疲れ果て、ぐっすりと寝こんだ。

朝七時頃に目が覚めると、自分がとても元気に満ちているのを感じて驚いた。早速、荷造りにとりかかった。肌着類は昨日の朝、洗濯屋から届いていた。突然の出発だというのに、何の不都合もなく、かえって万事が好都合だった。思わず笑みがもれた。

イワンにとっても唐突な出発だった。「明日、出発する」と言いはしたものの、昨晩眠りにつくとき、出発のことは考えていなかった。翌朝すぐに荷造りをはじめようとは、実際には思ってもいなかったのだ。

イワンは階下へ降りて、これからモスクワへ立つと父に告げた。

「だったら、イワン、チェルマーシニャ村へ寄ってくれないか。森の木を八千ルーブルで切らせてくれという商人がいたんだが、別の商人がやってきて一万一千ルーブル出すと言うんだ。ただ、その商人は一週間しか滞在しないそうだから、会ってきてくれないか」

「お父さん自身が、私をあのいまいましいチェルマーシニャ村に行かせようとするんですね？」と、イワンは苦《にが》い薄笑いを浮かべた。

イワンは馬車に乗りこんだ。スメルジャコフが駆け寄って、膝《ひざ》かけの毛布を整えた。

「……これからチェルマーシニャ村へ行くんだよ」イワンはぽつりと言った。昨日と同じように、口から勝手に言葉が飛び出した。彼は神経質に笑った。このことを、彼はその後ずっと忘れることができなかった。

「してみると、賢い人とはちょっと話すだけでも面白いというのは本当でございますね」スメルジャコフは意味ありげにイワンの顔を見つめながら、力のこもった口調で答えた。

馬車が走り出した。

空気はきれいで、涼しく爽《さわ》やかで、空は晴れわたっていた。美しい景色が後ろへと流れて行く。野原や木立、空高く飛んでいく雁《かり》の群れ……どんどん心が軽くなってきて、幸福な気持ちにさえなっていった。いろんな幻影が、すべて消し飛んでしまった。

しかし、『なぜ賢い人とはちょっと話すだけでも面白いんだ？　あいつは何のつもりであんなことを言ったんだ？』ふとこう考えたとき、イワンは息がつまりそうになった。『それに、どうして私は、チェルマーシニャ村に行くなんて、あいつに言ったんだ？』

「チェルマーシニャ村に行くのは取りやめだ。七時の汽車に間に合うか？」

「間に合いますよ」と馭者《ぎょしゃ》が答えた。

午後七時にイワンは汽車に乗ってモスクワへ向かった。『もう今までのことはきれいさっぱり忘れるんだ。新しい生活をはじめて、過去はふりかえらないんだ！』

だが、明るい気持ちになるどころか、心は闇《やみ》に閉ざされていった。これまでに感じたことのない悲しみで胸が苦しくなった。彼はひと晩中、あれこれ悩んだ。汽車は飛ぶように走った。ようやく夜明けになって、もうじきモスクワに到着するというとき、彼は突然、我《われ》に返った。『私は卑劣《ひれつ》な人間だ！』と彼は自分自身にささやいた。

## スメルジャコフの発作

一方、フョードルのほうは、息子のイワンを送り出してしまうと、朝からコニャックをちびりちびりと、まる二時間も楽しんだ。幸せな気持ちにひたっていた。ところがふいに、騒動がもちあがった。スメルジャコフが何かを取りに穴蔵へ行って、階段のてっぺんから転げ落ちたのである。悲鳴を聞いたマルファが駆けつけると、スメルジャコフは穴蔵の階段の下のところで、全身をぴくぴくと痙攣《けいれん》させ、口から泡を吹いて倒れていた。てんかんの発作だった。運び出されて、召使《めしつかい》用の離《はな》れの一室に寝かされた。

スメルジャコフは意識不明の状態がつづいた。発作が何度もくり返し起こった。医者がすぐに駆けつけてくれて、慎重に病人を診察し、これはかなり激烈な発作だから、「命にかかわるかもしれない」と告げた。

それから夕方になると、また別の心配事がもちあがった。一昨日あたりから具合がよくなかったグリゴーリイが、ついに腰が立たなくなって寝こんでしまったのだ。『こんな大事な日に次々と！』とフョードルは舌打ちをした。なぜなら、今朝、スメルジヤコフから、「グルーシェンカ様が今夜こそ間違いなく行くからとお約束なさいました」と伝えられていたからだ。フョードルは不安と期待で胸がいっぱいだった。

早めに部屋に閉じこもった。グルーシェンカが窓をノックしたら（スメルジャコフはすでに一昨日《おととい》、どこをどうたたけばいいかを彼女に教えておいたと、フョードルに伝えていた）、すぐにドアを開けてやらなければ。せっかちな老人の胸は早鐘のように打ちつづけていた。彼はがらんとした部屋を歩き回って、ときどき聞き耳を立てた。どこかでミーチャが彼女を見張っているかもしれないので、つねに注意していなければならなかった。

フョードルはずいぶん気をもんだけれど、これほどまで甘美な希望にひたりきったことも、かつてなかった。彼は信じていた、『今夜こそあの女は間違いなくやって来る！』と。

そして、その夜、フョードルは殺されたのだった。

## スメルジャコフに会うのが先だ

イワンはモスクワから戻った当日、すぐに予審判事の事情聴取《じじょうちょうしゅ》を受けた。しかし、《出発の前日の夕方》のスメルジャコフとの会話のことは伏せておいた。スメルジャコフに会うのが先だと思ったのだ。

スメルジャコフは町の病院に入院していた。イワンはまず主治医に会って、「あの男は仮病ではないでしょうか？」と確認した。医師は驚き、てんかんの発作は本物だし、命はとりとめたが、一時は危なかったほどだと答えた。しかも、その影響で、患者の頭の働きは正常とは言えず、それがかなり長期間つづくだろうということだった。

スメルジャコフは個室に入れられて、ベッドに横になっていた。ひと目で、彼の病状が重いことがわかった。すっかりやせて、顔色もよくなく、衰弱していた。ただ、何かほのめかすように細めている左の目だけは、以前とまったく変わっていなかった。

「話せるか？」とイワンがたずねた。

「もちろんです」スメルジャコフは弱々しい声でつぶやいた。「いつお帰りで？」

「今日、帰ってきたばかりだ。……ここの騒ぎの仲間入りさ」

スメルジャコフはため息をついた。「こんなことになるとは思いませんでした」

「いや、おまえにはわかっていたはずだ！」とイワンは思わず口走った。「穴蔵で発作を起こすと予言したのは、おまえじゃないか！　わざとてんかんのまねをしたんじゃないとしたら、どうして前もってわかったんだ？」

「あのときは、穴蔵へ入りますと、『今にも発作が起きるんじゃないか、転げ落ちたりしないだろうか？』と怖くなったんです。その不安がもとで、本当に発作が起きてしまったというわけです。お医者様も、そういう不安から発作が起きることはありうるとおっしゃって、そのことは調書にも記録されたはずですよ。前の日の夕方、門のそばであなた様にお話ししました、わたくしの心配のことやら、穴蔵のことやらを、事細かにお医者様と予審判事様に申し上げたんです」

「えっ！　じゃあおまえは、あのことをしゃべってしまったのか？」イワンはあっけにとられた。「本当に、門のそばでの話を、全部しゃべったのか？」

「いいえ、全部というわけでもありません」

「てんかんのふりができると自慢したことも、しゃべったのか？」

「いいえ、そのことも言いませんでした」

「じゃあ、あのとき私にチェルマーシニャ村に行けと言った理由は、どう説明したんだ？」

「モスクワへ行ってしまわれるのではないかと心配だったからですよ。わたくしはあなた様に近くにいていただきたかったのです。チェルマーシニャ村なら、いざというときすぐに駆けつけていただけます。わたくしはあなた様に、グリゴーリイの腰のこともお話ししましたし、わたくしに発作が起こりそうなことも申し上げましたし、ミーチャ様に合図を教えてしまったこともお伝えしましたので、これは何か騒動が起きるといけないと、あなた様はチェルマーシニャ村にさえ行かず、残ってくださるものとばかり思っていましたよ」

『じつに筋が通っている』とイワンは思った。『頭の働きが正常でないどころではないぞ』

「うまいこと言い抜けようとしてるな！」とイワンは怒鳴った。「兄は、殺したのも盗んだのもおまえだと、はっきり言ってるぞ」

「それは、あの方《かた》としては、そういうほかないではありませんか」とスメルジャコフは苦笑した。「なんとかして助かりたいと、あがいておられるんですよ。けれど、あれだけ証拠がそろっているのですから、誰があの方《かた》の言うことなんか信用するものですか」

彼はいったん黙ったが、急にまた何か思いついたように付け加えた。

「もし本当にわたくしがフョードル様に何かするつもりだったとしたら、前もってあなた様に、てんかんのふりができるなんて言うわけがないではありませんか。あんな不利な証拠を、しかも実の息子さんに向かってですよ。そんなことがありえますか？」

スメルジャコフがそう言ってのけたことに、イワンは衝撃を受けた。「わかったよ」と、その話を打ち切るために立ち上がった。「私はおまえを疑ってはいないし、おまえを疑うのは、ばかげているとさえ思っている。……むしろ、おれを安心させてくれたのを感謝しているくらいだ。今日はこれで帰るから、じゃあ、早くよくなれよ」

帰ろうとして、イワンはなぜか突然、こう言い足した。「おまえがてんかんのまねがうまいことは、誰にも言わないよ……おまえも黙っていたほうがいいぞ」

「よくわかっておりますとも。あなた様がそのことをおっしゃらないのなら、わたくしも、あのときの門のそばでのお話をすべて話すようなことはいたしません」

病室を出て、まだ十歩も歩かないうちに、スメルジャコフの最後のひと言に、ひどく侮《ぶ》辱《じょく》的な意味がこめられていたように感じた。よほど引き返そうかと思ったが、「ばかばかしい！」とつぶやくと、さっさと病院を出た。

犯人がスメルジャコフではなく、兄のミーチャらしいとわかって、イワンはほっとしていた。本来なら逆であるべきなのに……。どうしてそういう気持ちになったのか、今は考えたくなかった。自分の感情をあれこれ詮《せん》索《さく》することに嫌《いや》気《け》がさしていた。できるだけ早く、何かを忘れてしまいたい心《しん》境《きょう》だった。

その後、何日もかけて、この事件の証拠をくわしく徹底的に調べてみて、イワンはミーチャが犯人だと確信した。スメルジャコフについては、グリゴーリイとマルファの夫婦に直接、その夜のことを聞いてみた。スメルジャコフはひと晩中、すぐ隣りの部屋に寝かされていて、自分たちはぐっすり眠ってはいたが、それでも彼のうめき声で何度も目を覚ました。「スメルジャコフはずっとうめきどおしでした」とはっきり言った。

イワンはついに、スメルジャコフを疑うことをやめた。

そして、彼はまったく別のことに気をとられていた。ミーチャの婚約者であるカチェリーナへの情熱が、さらに狂おしいほどに高まってしまったのである。それは、ミーチャの事件で気が動転していたカチェリーナが、戻ってきたイワンを救世主のように感じて、すがりついたためでもあった。

カチェリーナは傷つき、はずかしめを受け、屈辱を感じていた。そこへ、以前から彼女を激しく愛している男（彼女はそのことをわかりすぎるくらいわかっていた）が、また戻ってきたのだ。しかも、その男の知性と心情を、彼女は心から尊敬し信頼していた。

しかし、この令嬢《れいじょう》は、彼に身をゆだねようとはしなかった。彼女は、ミーチャを裏切っているという意識につねに苦しみ、イワンと激しく言い争ったりするときには（そういうことはよくあった）、あからさまにそれを口にすることさえあった。

## 二度目のスメルジャコフ訪問

ようするに、イワンは一時、スメルジャコフのことをほとんど忘れていたのである。ところが、二週間ほど経つと、次のような疑念に、たえずとらわれるようになった。なぜあの夜、階段の上でこっそり、階下の父がたてる物音に耳をすましたりしたのか？後からそのことを思い出して、なぜ嫌悪感を覚えたのか？

モスクワへ向かう途中で、なぜあんなに気持ちが暗くなったのか？　そして、モスクワへ着くとき、なぜ『私は卑劣《ひれつ》な人間だ！』などとつぶやいたのか？　こうした悩ましい考えのために、カチェリーナのことさえ忘れてしまいそうだった。

彼は再び、スメルジャコフを訪ねることにした。

スメルジャコフはその頃にはもう退院していた。イワンは彼の新しい住居を知っていた。傾きかかった丸太造りの小屋だ。

イワンはスメルジャコフの顔色を見て、病気はもうすっかりよくなったようだと思った。スメルジャコフは鼻眼鏡をかけていて（そんなスメルジャコフをイワンは初めて見た）、眼鏡越しにイワンを見つめた。その目は、『なんでまたのこのこやって来たんだ？　あれでもう話はすっかりついているじゃないか』とでも言っているようだった。

その傲慢《ごうまん》で不快な目つきに、イワンはかっとなりそうになったが、かろうじてこらえた。

「この前、病院で、おまえは妙なことを言ったな。おまえが仮病を使えることを私が口外しなければ、おまえも門のそばでの会話を何もかも話したりはしないと。あれはいったいどういうつもりで言ったんだ？　私を脅迫するつもりだったのか？　私がおまえの陰謀の仲間だとでも言うのか？　おまえを怖れているとでも思うのか？」

イワンは、遠まわしな言い方や、かけひきはせずに、あからさまにこう言ってのけた。

スメルジャコフの目がぎらりと光った。『ぶっちゃけた話をしようというのなら、それもいいでしょう、お相手しましょう』と答えているかのようだった。

「あのとき、あんなことを申し上げたのは、あなたは父親が殺されることを承知の上で、みすみす見殺しにされたので、そのことが世間に知れて、後ろ指をさされてはと思い、それで誰にも言わないとお約束したのですよ」

イワンは一瞬、めまいがした。

「なんだと？　おまえは正気でそんなことを言っているのか？　私があのとき、父が殺されると知っていたというのか？」

スメルジャコフは、じっとイワンの様子を見ていた。

「あなたは、父親が死ぬことを望んでいらしたではないですか」

イワンはいきなり椅子から飛びあがり、スメルジャコフの肩のあたりを拳《こぶし》で殴《なぐ》りつけた。スメルジャコフはよろけて壁にぶつかり、倒れた。彼は静かに泣きはじめた。「弱い者を殴るなんて、恥ずかしいことじゃありませんか！」

一分間くらい、スメルジャコフの低い泣き声だけがつづいた。

「もうよせ！　いい加減にしろ！」イワンはまた腰を下ろした。「我慢にも限度がある」

スメルジャコフは目からハンカチを離した。泣いたせいで顔にしわが寄っていて、その一本一本が、いま受けた辱《はずか》しめを、はっきりと示していた。

「悪党め！　じゃあ、きさまは、私が兄とぐるになって父を殺そうとしていると、あのときそう思っていたのか？」

「あのときは、あなたのお考えがわかりませんでした」スメルジャコフは屈辱と怒りのこもった声で言った。「それで、あなたの胸の内をさぐるつもりで、門のところで話しかけたのです」

「何をさぐるんだ？　何を？」

「ですから、父親が早く殺されることを、あなたが望んでおられるのかどうかをですよ」

イワンが何より我慢ならないのは、スメルジャコフの挑発的で傲慢《ごうまん》なしゃべり方だった。

「おい、二週間前に病院で話したときと、言っていることがまるでちがうじゃないか！」

「あなたのような賢いお方なら、はっきり言わなくても察《さっ》していただけると思いまして」

「殺したのは、おまえだな？」とイワンはふいに叫んだ。

スメルジャコフは軽蔑したように笑った。

「わたしが殺したのではないことは、あなたもよくおわかりのはずではありませんか」

「じゃあ、そもそもどうして、私がそんなことを望んでいると思ったんだ？　きさまの腐《くさ》った心にそんな疑いがわき出したのはどうしてなんだ！」

「人殺しなんてまねは、あなたにできるはずもありませんし、お望みでもありませんでした。でも、誰か他の者が殺してくれたら――そんなふうには、たしかにお望みでした」

「よくもまあ、そんなことをぬけぬけと！　どうして私がそんなことを望むんだ？」

「望む理由ですか？　遺産はどうです？　父親が亡くなれば、あなたたち三人のご兄弟はそれぞれ四万ルーブル、あるいはそれ以上のお金が手に入るのです。ところが、もし父親がグルーシェンカと結婚してしまえば、あの女は抜け目がありませんからね、たちまち全財産を自分の名義に書き換えてしまうでしょう。そうなったら、あなたたち三兄弟には一ルーブルだって手に入りはしません。その結婚が目前だったんですよ。あの女が小指一本動かせば、あなたの父親はよだれをたらしながら教会へ駆けつけたはずなんですから」

　イワンは苦しみながらも、なんとか自分を抑《おさ》えていた。

「いいだろう」と彼はようやく言い返した。「私はこのとおり、きさまを殴《なぐ》りもしなければ、殺しもしなかった。さあ、言いたいだけ言ってみろ。きさまの考えでは、おれは兄をあてにしていたというんだな？　兄が父を殺してくれるだろうと」

「あてにせずにはいられなかったんですよ、あなたは。なにしろ、あの方《かた》が人殺しということになれば、貴族の権利も官位も財産もそっくり剥奪《はくだつ》されて、流刑になるに決まっていますす。そうなれば、あの方の相続分はあなたとアリョーシャで山分けということになり、四万ルーブルが六万ルーブルに増えるわけじゃありませんか」

「いいか、よく聞け、悪党。もし私があのとき誰かをあてにしたとすれば、それはミーチャではなくて、おまえだ！　おまえが何かしでかしそうな気がしていたんだ」

「わたしもあのときそう感じましたよ。ちらっとですが。はは あ、わたしのこともあてにしていらっしゃるんだなと」スメルジャコフはあざけるように笑った。「つまりあなたは、わたしが何かしでかしそうだと勘《かん》づいていながら、出発してしまわれたわけです。これでは『父を殺していい。邪魔《じゃま》立《だ》てはしない』とおっしゃったも同然じゃありませんか？」

「悪党め！　勝手な解釈をしやがって！」

「わたしなんかのたったひと言で、チェルマーシニャ村に行くことを承知なさったんですからね。それはようするに、わたしに何か期待なさったわけですよね？」

「いや、期待なんかしていなかった。誓《ちか》ってもいい！」イワンは歯ぎしりしながら叫んだ。

「それでは筋が通りませんよ。だったら、あなたは父親の命を守るために、どこにも行かないようにするのが当然ですからね。ところが、あなたはすぐにお発《た》ちになった。……となると、わたしとしては他に解釈のしようがありません」

イワンは眉間《みけん》にしわを寄せ、ひざの上で両手を拳《こぶし》をふるわせていた。

スメルジャコフは小気味よさそうに彼をながめていた。

「いいか、この人でなし、いま私がおまえを殴り殺さないのは、おまえが犯人だと疑っているからだ。おまえを裁判にかけて、化《ばけ》の皮をひんむいてやる！」

「まあ、黙っていらっしゃるほうが賢明ですね。誰が本気にするものですか。それに、あなたがそんなことをなさるなら、わたしも何もかも話してしまいますよ」

「おまえの言いがかりなんかを、私が怖れるとでも思っているのか？」

「わたしなんかが何を言っても、裁判では取り上げてもらえないかもしれませんが、世間はどうでしょう？　世間の人は真《ま》に受けるかもしれませんよ。そうなれば、あなたは恥ずかしい思いをすることになりますよ。賢い人のすることではないのではありませんか？」

「それはまた例の『賢い人とはちょっと話すだけでも面白い』とかいうやつか？　どうなんだ？」イワンは歯ぎしりした。

「それ、そのとおりですよ。賢い人におなりなさい」

イワンは怒りのあまり全身をふるわせながら立ち上がって、スメルジャコフにはもうひと言も口をきかずに、足早に部屋を出て行った。

夜の空気の冷たさが、かえって心地よかった。空には月が輝いていた。さまざまな思いや感情が胸のうちで渦巻《うずま》いた。

『私はあのときどうしてチェルマーシニャ村へ出かけたんだろう？　私はたしかに何かを

期待していた。あいつの言うとおりじゃないか』頭の中に、あの夜、階段の上から父親の様子をうかがっていた自分の姿が浮かんできた。そのとたん、刃物で刺しつらぬかれるような苦痛を感じて、彼はその場に立ちつくした。『そうだ、私はたしかに殺人を望んでいた！　いや、本当に望んでいたろうか？』

彼は家には戻らず、そのままカチェリーナの家に向かい、そのひどく錯乱した様子でカチェリーナを驚かせた。彼はスメルジャコフとの話を、なにもかもそっくり彼女に打ち明けた。カチェリーナがどんなになだめても、彼の動揺はおさまらず、落ち着きなく部屋の中を歩き回っては、あらぬことを口走った。ようやく腰をおろすと、テーブルに肘《ひじ》をついて両手で頭を抱えこみ、こんなことを口にした。

「殺したのがミーチャでなくて、スメルジャコフだとすると、私も同罪なんだ。そそのかしたのは私なんだから。……いや、私がそそのかしたのか？　とにかく、殺したのがスメルジャコフで、ミーチャでなければ、私も人殺しなんだ！」

この言葉を聞くと、カチェリーナは無言で立ち上がり、机の上の小さな手箱を開け、一通の手紙を取り出して、イワンの前に差し出した。

それは、ミーチャが酔った勢いでカチェリーナに宛てて書いた手紙で、くどくどしていて、支離滅裂《しりめつれつ》で、興奮と錯乱が感じられる、あきらかに《酔っぱらいの手紙》だった。

その内容は次のようなものであった。

## ミーチャの手紙（計画書）

『カチェリーナ！　明日、金を手に入れて、きみの三千ルーブルを返す。それでお別れだ。手を切ろう！　明日、あらゆる人に頼んで金を手に入れる。

もし借りられなかったら、名誉にかけて誓《ちか》うが、親父《おやじ》のところへ行って、やつの頭をたたき割り、枕の下にある金を取ってくる。イワンのやつが出かけてくれさえすればね。たとえシベリアに流刑されることになるとしても、三千ルーブルは返すつもりだ。

だから許してくれ。おれはきみに対して卑劣《ひれつ》だった。いや、いっそ許してくれないほうがいい。おれは他の女を愛しているんだ。許すわけにはいかないだろ？

おれは、おれのものを盗んだ泥棒を殺すんだ！　おれは自殺するが、その前にまずあの犬を殺すんだ。やつから三千ルーブルをふんだくって、きみに投げてやる。おれはきみに対して卑劣だったが、泥棒にはならない！　三千ルーブル、待っていてくれ。あの犬が、ピンクのリボンで結んで隠しているんだ。泥棒はおれじゃない、おれの泥棒を殺すんだ。カチェリーナ、軽蔑の目でおれを見ないでくれ。ミーチャは泥棒じゃない、人殺しだ！

おれは親父を殺し、自分を滅《ほろ》ぼすんだ。

追伸　カチェリーナ、神に祈ってくれ！　誰かがおれに金をくれるように。そうすれば血を流さずにすむ。誰もくれなかったら――そのときは血だ！』

## スメルジャコフではなかった

イワンはこの手紙を読み終ると、確信して立ち上がった。殺したのは兄であり、スメルジャコフではなかった。スメルジャコフでないとすれば、自分でもないわけだ。もはやミーチャの有罪についてはわずかな疑いもなかった。この手紙が証拠だ。

イワンはすっかり安心した。数日経つと、スメルジャコフの言いがかりを、なぜあんなに気にしたのか、不思議なくらいだった。スメルジャコフのことは無視し、忘れてしまおうと決めた。

こうして一カ月が過ぎた。小耳にはさんだところでは、スメルジャコフは病気が重くなり、精神に異常をきたしているということだった。

その月の最後の週に入ると、イワン自身も心身の不調を感じるようになった。カチェリーナとの関係が極度に緊張したものになったのも、ちょうどその頃だった。二人はまるで愛し合っている敵《かたき》どうしのようだった。カチェリーナの気持ちが、一時的にせよ、ミーチャのほうにぐっと戻っていくのが、イワンにはたまらなかった。それでもカチェリーナは、ミーチャの有罪を疑うようなことは一度も口にしなかった。

イワンは、ミーチャへの憎悪が日ましにつのっていくのを感じていた。それはカチェリーナの気持ちがミーチャに戻ったからではなかった。ミーチャが父を殺したせいだった。にもかかわらず、彼は裁判の十日ほど前に監獄のミーチャに面会し、脱走の計画を提案したのだ。スメルジャコフから、ミーチャが有罪になればイワンが受け取る父の遺産が四万から六万ルーブルに増えて得《とく》になると言われたことが、今も心に刺さっていた。彼はミーチャの脱走のために、三万ルーブルの金を使おうと決心していた。

だが、その日ミーチャとの面会を終えて帰る途中で、彼はひどく憂鬱《ゆううつ》な気持ちになってきて、戸惑《とまど》った。自分が兄の脱走を望んでいるのは、三万ルーブルを使って心のトゲを抜くためではなく、何か他にも理由があるような気がしてきた。『私も精神的には同じ殺人者だからではないだろうか？』彼はこう自問した。何かとらえどころのない、じりじりと焦《こ》げつくような思いに苦しんだ。

そして、裁判の前夜となった。

## あなたじゃない、あなたでは！

裁判の前夜、アリョーシャは監獄でミーチャと面会し、脱走の計画について聞いた。面会を終えて監獄を出たアリョーシャは、イワンに会うために彼の住まいへと向かった。イワンは父親の屋敷を出て、富裕な未亡人の屋敷の別棟を借りていた。

その途中で、カチェリーナが借りている家の前を通りかかった。窓に灯《あか》りが見えた。アリョーシャはふと立ちどまり、ちょっと寄って行くことにした。

カチェリーナにはもう一週間以上も会っていなかったし、もしかするとイワンはここにいるかもしれないと思ったからだ。ベルを鳴らして、階段をのぼって行くと、入れちがいに誰かが降りて来た。見ると、それはイワンだった。

「ああ、おまえか」とイワンはそっけなく言った。「カチェリーナのところなら、今はやめておけ。興奮しているからな」

上のほうでドアが開く音がして、「いいえ、そんなことないわ！」とカチェリーナの声が響いた。「アリョーシャ、ミーチャのところからでしょう？」

「ええ、いま会ってきました」

「お入りになって、アリョーシャ。イワン、あなたもぜひお戻りになって」

有無を言わさぬ口調だった。イワンは一瞬ためらったが、アリョーシャといっしょにまた階段をのぼっていった。「立ち聞きしていたな！」と腹立たしげにつぶやいたのが、アリョーシャの耳にも入った。

「長居する気はないから」中に入りながらイワンが言った。「外套《がいとう》を着たまま立ってるよ」

「おかけなさい、アリョーシャ」とカチェリーナは言ったが、自分は立ったままだった。その黒い瞳《ひとみ》には無気味な輝きがあった。このときの彼女が特別に美しく見えたことを、アリョーシャは後《あと》になって思い出した。

「アリョーシャ、あなたは明日のわたしの証言を聞いたら、きっとわたしを足で踏みにじりたくなるでしょうね」

「あなたはきっと正直に証言なさるでしょう」とアリョーシャは言った。「ぼくが願うのは、それだけです」

「わたし、つい一時間前まで、あの悪人のことを考えるのさえ恐かったんです……毒虫にでもさわるようで……でも、今はもうちがいます。わたしにとって、あの人はやっぱり人間です！　それに、殺したのは本当にあの人なのかしら？　あの人が殺したのかしら？」

彼女はさっとイワンのほうをふり向いて、急に感情的に叫んだ。その瞬間、アリョーシャは、彼女がこの同じ質問を、さっきまでイワンにぶつけていたにちがいない、それも一度や二度でなく、百回もくり返して、それで二人がケンカになったのだと察した。

「わたし、スメルジャコフのところへ行って来たの……だって、あなたよ、父親殺しの犯人はミーチャだって、わたしに言い聞かせたのは。わたしはあなたの言葉を信じたのよ！」

彼女はずっとイワンのほうだけを向いて叫びつづけた。イワンは、無理に笑っていた。

「もうたくさんだ」イワンはそう言うと、くるりと背を向けて部屋を出て、そのまま階段を降りて行った。

カチェリーナがふいにアリョーシャの両手を強くつかんだ。

「あの人について行って！　あの人をひとりにしてはいけないわ！　あの人は気がおかしくなっているの。神経性の熱病なんです！　さあ、早くあとを追いかけて……」

アリョーシャは急いでイワンのあとを追った。まだ五十歩と離れていなかった。

「なんの用だ？」とイワンはふり向いた。「私がどうかしてしまっているから、追いかけろとでも言われたんだろ」彼は腹立たしそうに言った。

「兄さんがおかしいとは思いません。でも、たしかに具合がよくなさそうですよ」

イワンはどんどん歩いて行った。アリョーシャもついて行った。

「ところでアリョーシャ、知ってるかい？　人間がどんなふうに発狂していくのか？」

イワンは突然おだやかな声でたずねた。

「いえ、知りません。いろんな場合があるでしょうし」

「自分が発狂していくことが、自分でわかるだろうか？」

「自分ではわからないんじゃないでしょうか」

二人はまたしばらく黙りこんだ。

「あの女は今夜、夜通しマリアさまに祈るんだろうな。明日の裁判で、どうするべきかわからなくて」彼はまた怒りを含んだ激しい調子で言った。

「それはカチェリーナのことですか？」

「そうだ。ミーチャを救うべきか、破滅させるべきか、迷っているんだ。自分でもどうしていいかわからないんだ。気持ちが定まらないんだよ。だからお祈りするわけだ。そして、子供がだだをこねるようにして、私にあやしてもらいたがっているんだ」

「カチェリーナはイワン兄さんを愛しているんですね」アリョーシャは悲しそうに言った。

「かもしれない。しかし、こっちはそれほどでもないんだ」

それはまったくの嘘だった。殺したいと思うほど彼女が憎いときもあったが、狂おしいほどに彼女を愛していた。

「だけど、あの人にミーチャ兄さんを破滅させることなんてできるんですか？」とアリョーシャが不思議そうにたずねた。

「おまえはまだ知らないんだ。あの女は、ミーチャが父を殺したことを証明する手紙を持ってるんだ。ミーチャが自分でそれを書いたんだ」

「そんなはずない！」とアリョーシャは叫んだ。

「どうして？　私もこの目で見たんだ」

「そんな手紙があるはずありません！　だって人殺しはミーチャじゃないんだから！」

イワンはふと足を止めた。

「じゃあ、おまえの考えでは、人殺しは誰なんだ？」

イワンは冷ややかにたずねた。威圧《いあつ》するような感じさえあった。

「誰かってことは、イワン兄さんがご存じです」

低い、心にしみ入るような声でアリョーシャは言った。

「誰のことだ？　お前が言っているのは、あのスメルジャコフのことか？」

アリョーシャは急に全身がふるえてくるのを感じた。「兄さんが自分で知っているはずです」という言葉が力なく口から漏《も》れた。息が苦しかった。

「だから、誰のことだ、誰なんだ？」とイワンは激しく詰め寄った。それまでの抑制はたちまち消え失せてしまった。

「ぼくはこれだけは知っています」とアリョーシャはささやくように言った。「お父さんを殺したのは、あなたじゃない」

「あなたじゃないだって！　あなたじゃないとはどういうことだ？」

イワンはその場に棒立ちになった。

「お父さんを殺したのは、あなたじゃない、イワン兄さんじゃないんです！」

アリョーシャはきっぱりとくり返した。

長い沈黙があった。

「あたりまえじゃないか。私がやったんじゃないことは、自分でちゃんとわかっているさ。なに寝言を言ってるんだ？」

青ざめた顔に、ゆがんだ薄笑いを浮かべてイワンは言った。彼はアリョーシャの顔から目が離せなくなっていた。二人は街灯の下に立っていた。

「いいえ、イワン兄さん、あなたは何度も自分に言ったはずです。殺したのは私だって」

「いつそんなことを言ったんだ？……いつ言ったんだ？」

イワンはすっかりうろたえて口ごもった。

「この恐ろしい二カ月の間、ひとりきりになったとき、イワン兄さんは何度も自分にそう言い聞かせてきたんです」アリョーシャはゆっくりと静かに、ひと言ひと言はっきりとつぶやいた。その話しぶりは、自分の意志ではなく、何かどうしようもない命令に従《したが》ってでもいるようだった。「イワン兄さんは自分を責めて、人殺しは自分だ、他の誰でもないと自白したのです。でも、殺したのはあなたじゃない。あなたは思いちがいをしています。人殺しはあなたじゃないんです。いいですか、あなたじゃないんです！」

二人は口をつぐんだ。長い沈黙がつづいた。二人はじっと立ったまま、お互いの目を見つめ合っていた。二人とも真っ青な顔をしていた。

ふいにイワンは身ぶるいすると、アリョーシャの肩をぐっと強くつかんだ。しかし、彼はまた自分を抑《おさ》えたように見えた。じっと考えこんでいたが、異様な微笑で唇《くちびる》がゆがんだ。

「兄さん」アリョーシャはふるえる声で言った。「ぼくがこんなことを言ったのは、兄さんがぼくの言葉を信じてくれると思ったからです。『あなたじゃない』という言葉を、ぼくは命がけで言ったんです。たとえこの瞬間から、兄さんがぼくを永久に憎むようになるとしても……」

このときイワンはもう完全に自制心を取り戻していた。

「アリョーシャ」彼は冷やかな微笑みを浮かべて言った。「今この場で、おまえとは絶交する。おそらく、永遠にね。さあ、この四つ角で、今すぐ別の道をとろう。とくに今日は、私のところに来たりしないように、くれぐれも頼んだぞ！」

イワンは道を曲がり、ふりかえりもしないで、どんどん歩いて行った。

「兄さん」アリョーシャはその後ろ姿に呼びかけた。「今日、もし兄さんの身に何か起こったら、まずぼくのことを思い出してくださいね！」

イワンは答えなかった。アリョーシャは四つ角の街灯の下に立って、イワンの姿がすっかり闇《やみ》に消えてしまうまで見送っていた。

## 三度目の、最後の対話

イワンは自分が借りている別棟のところまで帰って来て、呼び鈴に手をかけたところで、ふと手をとめた。全身が怒りにふるえていることに気がついたのだ。

カチェリーナが、アリョーシャもいる前で、「あなたよ、父親殺しの犯人はミーチャだって、わたしに言い聞かせたのは。わたしはあなたの言葉を信じたのよ！」と叫んだことを思い出したのだ。

これを思い出すと、イワンはその場に棒立ちになったほどだった。彼はこれまで一度だって、ミーチャが犯人だなどと彼女に言い聞かせたことはなかった。それどころか、彼女のほうが、例の《手紙》を持ち出して、彼に兄の有罪を教えたのだ。それが今になって、「わたし、スメルジャコフのところへ行って来たの」などと叫んでいる。いったい、いつ行ったのか？　まったく知らなかった。だとすると、彼女はミーチャの有罪を確信してはいないのか？　それにしてもスメルジャコフは彼女に何を言ったんだろう？

彼は呼び鈴から手を放すと、くるりと向きを変え、スメルジャコフのもとへ急いだ。

『今度は、もしかすると、あいつを殺すことになるかもしれないな』

途中で粉雪が降りはじめた。乾燥した風が肌を刺し、こめかみがずきずきと痛んだ。

スメルジャコフは無言でイワンを迎えた。突然だったのに、驚いた様子は見せなかった。彼はひどくやつれていて、顔色がよくなく、頬がこけ、目は落ちくぼんで、くまができていた。ガウンを着て、ベッドに腰かけていた。

「ほんとうに病気なんだな」イワンはこう言って、椅子を引き寄せてすわった。

「今日来たのは、ひとつだけ聞きたいことがあったからだ。返事を聞かないうちは帰らないから、そのつもりでいろ。おまえのところにカチェリーナが来ただろう？」

スメルジャコフは、イワンの顔を静かにながめながら、長いこと黙っていたが、ふいに片手を振ると、彼から顔をそむけてしまった。

「どうした？」

「どうもしません。……ええ、あの方《かた》はおいでになりましたよ。でもあなたには関係ないことです。ほうっておいてください」

「そうはいくか！　いつ来たんだ？」

「あんな人のことなんか忘れてしまいましたよ」軽蔑したような笑みを浮かべると、ふいにまたイワンのほうを向き、憎しみのこもった目で見つめた。「どうやら、あなたも病気のようですね。げっそりして、ひどい顔色ですよ」

「そんなことはいいから、聞かれたことに答えろ」

「そんなにご心配ですか？　白目がすっかり黄色くなってしまっていますよ」

彼は小ばかにしたような薄笑いを浮かべたかと思うと、ふいに声を立てて笑い出した。

「おい！　返事を聞かないうちは帰らないぞ！」イワンはいらだって怒鳴った。

「どうして、そうわたしに、しつこくするんです？　なんでわたしを苦しめるんです？」

「えい、ちくしょう！　きさまなんかに用はないんだ！　聞かれたことに返事をしろ。そうすればすぐに帰る」

「何をそう不安がっているんです？　明日、裁判がはじまるからですか？　びくびくすることはないじゃありませんか。家へ帰って安心してゆっくりお眠りなさい」

「おまえは何を言っているんだ？……なんで私が明日を怖がるんだ？」

イワンは驚いてこう言ったが、その瞬間、恐怖感のようなものが胸をかすめて、ひやりとした。スメルジャコフはそんなイワンの様子をうかがっていた。

「わからないんですか?」彼はゆっくりと、とがめるように言った。「賢い人がこんな喜劇を演じるなんて、もの好きもいいところだ!」

イワンは言葉を失って彼を見つめていた。ひどく丁寧な言葉使いをしていたかつての召使《めし》《つかい》が、こんなぞんざいな口のきき方をするとは。前回でさえ、ここまではなかった。

「あなたは何も心配することはないと言っているんです。わたしはあなたのことは黙っていますし、何の証拠もありゃしません。おや、手がふるえているじゃありませんか。さあ、もうお帰りなさい。あなたが殺したんじゃないんですから」

イワンは思わずぎくりとした。アリョーシャの言葉が思い出された。

「私がやったんじゃないことはわかっている……」と彼は口ごもった。

「わかってるんですか?」とスメルジャコフがすかさず言った。

イワンはいきなり立ちあがって、相手の肩をつかんだ。「すっかり言ってしまえ、毒虫め! 何もかもはっきり言うんだ!」

スメルジャコフはまったく動揺しなかった。ただ、狂おしいまでの憎しみをこめた目で、イワンの顔をじっと見すえた。「それじゃ言いましょう。殺したのは、あなたですよ」

イワンは胸をつかれたように、どっかりと椅子に腰を落とした。

「二人っきりなのに、よくまあ飽きもせずに、お芝居をつづけますね！　それともわたしひとりに罪を被《かぶ》せるつもりですか？　あなたが殺したんですよ。あなたが主犯で、わたしはただの手先、あなたの忠実な下僕《げぼく》として、あなたの言いつけ通りに実行したまでですよ」

「実行した？　じゃあ、本当におまえが殺したのか？」

イワンは思わずぞっとした。悪寒《おかん》がして全身ががたがたとふるえだした。

スメルジャコフは驚いたように彼を見た。イワンが本当にショックを受けているらしいことに、スメルジャコフもショックを受けたのだ。

「じゃあ、あなたは本当に何もご存じなかったんですか？」彼は、信じられないというように、無理に微笑を浮かべて言った。

「おまえが殺したなんて嘘《うそ》だ！」イワンは狂ったように叫んだ。「おまえは頭がどうかしてしまったんだ。でなきゃ、また私をからかってるんだ！」

スメルジャコフは、さぐるようにイワンを見つめていた。イワンが本当に何も知らなかったのか、確信が持てなかった。すべて承知の上で、自分ひとりに罪を着《き》せるために、わざと芝居をしているのではないかと疑っていた。

「ちょっと待ってくださいよ」スメルジャコフは小声でそう言うと、ズボンの裾《すそ》をたくしあげはじめた。白い長靴下の靴下留めを外し、靴下の奥のほうへ指を突っこんだ。

イワンはスメルジャコフのすることを見つめながら、恐怖に胸をしめつけられていた。

スメルジャコフは、ようやく何かをつまんで引き出し、テーブルに置いた。紙包だった。

「なんだ、これは？」ふるえる声でイワンがたずねた。

「開けてごらんなさい」スメルジャコフがやはり小声で言った。

イワンは紙包に手を伸ばしたが、蛇にさわりでもしたように、また手をひっこめた。スメルジャコフが自分で紙包を開いた。中から、虹色の百ルーブル紙幣の束が三つ出てきた。

「数えるまでもなく、三千ルーブルです。さあ、お受け取りください」

イワンの顔はハンカチのように真っ白だった。

「本当に、本当に今までご存じなかったんですか？」スメルジャコフがもう一度聞いた。

「知らなかった……。ミーチャのしわざとばかり思っていた。ああ、兄さん！」彼は両手で頭を抱えた。「どうなんだ、おまえひとりで殺したのか？　兄の手を借りずに？　それとも兄と二人でやったのか？」

「あなたと二人でやったんですよ。あなたとわたしの二人だけで、いっしょに殺したんです。ミーチャはまったくの無実ですよ」

「わかった、わかった……おれのことは後まわしにしてくれ。なんだって、こうふるえるんだろう……まともに口もきけやしない」

「あの頃は、すごく大胆で、『すべては許される』とおっしゃっていたのに、今はそんなにびくついて……」スメルジャコフは不思議そうな顔をした。

「話してくれないか、どんなふうにやったんだ？　頼むから話してくれ！」

「どんなふうにやったかですって？」スメルジャコフはふっとため息をついた。「あなたが出発した後で、わたしは穴蔵の階段を転げ落ちました」

「発作が起きたのか？　それとも芝居か？」

「もちろん、芝居ですよ、なにもかも。階段を降りて、いちばん下まで行って、そこで横になって、それから大声で悲鳴をあげたんです。運び出される間も、もがきつづけました」

「ちょっと待て！　それからずっと、病院でも芝居をしていたのか？」

「いいえ、そうではありません。翌朝、まだ病院へ運ばれる前に、本物の発作が起きたんです。それが何年もなかったようなひどい発作で、まる二日間は意識不明の状態でした」

「なるほど、そうだったのか。それで穴蔵から運び出されてどうした？　先をつづけろ」

「わたしは寝床へ寝かされて、夜通しうめきつづけていました。そうやって、ミーチャが来るのをずっと待っていたんです。きっと来ると確信していました。なにしろ、わたしがいなくなって、なんの情報も得られないんですからね。自分で塀《へい》を乗り越えて入ってきて、何かしでかすにちがいないと思っていたんです」

「でも、もし来なかったら？」

「何事も起きなかったでしょうね。あの人が来なければ、わたしも何もしませんから」

「わかった。もっとくわしく、何もかも残らず話してくれ」

「わたしはあの人が父親を殺すのを待っていたんです。そうするように、わたしが仕向けたんですから。猜疑心《さいぎしん》やら怒りやらが、あの人の中に積もりに積もっていました。わたしが教えた例の合図を使って、部屋の中に踏みこまずにはいられなかったはずなんです」

「ちょっと待て」とイワンがまたさえぎった。「でも、兄が父を殺せば、兄が金を持ち去ってしまうから、おまえは何にも手に入らないじゃないか」

「そうはならないんですよ。というのも、あの人にはお金を見つけられないからです。お金の入った封筒が枕の下に隠してあるというのは、わたしがあの人に教えたんです。あれは嘘《うそ》だったんですよ。本当は、部屋の隅の聖像のかげに隠してあったんです。だから、あの人は父親を殺した後、お金を見つけることができず、そのまま逃げ出してしまうか、捕《つか》まってしまうか、どちらかだったんです。わたしのほうは、翌日にでも、聖像のかげへ手を突っこんで、そのお金をゆうゆうと自分のものにできたわけです」

「でも、もし兄が父を殴《なぐ》っただけで、殺さなかったら？」

「殺さなければ、わたしもお金に手をつけることはできません。そこでお終《しま》いです。ただ、もし気を失うほど殴《なぐ》っていたら、そのすきにわたしがお金を盗んでおいて、『ミーチャ様が、お金も奪《うば》って行ったにちがいありません』と報告することもできるわけです」

「待て……こんがらがってきた。そうすると、父を殺したのはやっぱりミーチャで、おまえは金を盗んだだけなのか？」

「いいえ、殺したのはあの人ではありません。すべての罪はあなたにあるんです。あなたは殺人が起きることを知っていたんですから。わたしに殺しをまかせて、すべて承知の上で、自分は出発したんですから。実際に手を下したのは、たしかにわたしです。でも、この事件の主犯はあなたです。あなたひとりなんです。わたしはほんの脇役《わきやく》でしかありません。あなたこそが本当の殺人犯なんです！」

「どうして、どうしておれが殺人犯なんだ？　ああ、神よ！」イワンはこらえきれなくなり叫んだ。「またしてもチェルマーシニャ村か？　だが、ちょっと待ってくれ、仮におまえがチェルマーシニャ村行きを、私の同意だと受け取ったとしても、どうして私の同意が必要なんだ？　私の同意なんか必要ないだろ？」

「あなたの同意を確《たし》かめておけば、いざというとき、かばってもらえると思ったんですよ。ミーチャではなくわたしが警察から疑われたり、あるいはミーチャと共犯と思われるようなことも、まったくないとは言えませんからね。例の三千ルーブルがなくなっていても、あなたが騒ぎ立てることはないわけですし。それに、あなたに遺産が入れば、その後はずっと、わたしによくしてくださると思っていました。なにしろ、あなたが遺産を受け取れるのは、わたしのおかげですからね。そうでなければ、すべてグルーシェンカのものになっていて、あなたにはびた一文入らなかったかもしれないんです」

「ああ！　それじゃあ、おまえは私を一生苦しめるつもりだったのか？」イワンは苦しげに言った。「だが、もしあのとき私が出かけないで、おまえを訴えたらどうするつもりだったんだ？」

「あのとき何を訴えられました？　わたしがチェルマーシニャ村行きをすすめたことをですか？　ばかばかしい。それに、そんなことをしなくても、何事も起こらないようにしたければ、あなたは出発せずに家に残っていればよかったんですよ。ただそれだけで、何事も起きませんでした。わたしは、あなたが例の一件を望んでいないんだなと承知するわけですから。ところが、あなたは出発した。これはもう、おまえを訴えることはしない、例の三千ルーブルはおまえの好きにしろ、と約束してくれたも同然ではないですか」

スメルジャコフは揺るぎない態度でイワンを見返した。ひどく衰弱していたし、声にも疲れが感じられたが、何か内に秘めたものが感じられた。

「先をつづけてくれ」とイワンは言った。「あの夜に何が起きたのか、話してくれ」

「その先はわかりきっているでしょう？　わたしがじっと寝ていると、グリゴーリイがふいに起き上がって、外に出て行ったんです。すると、フョードル旦那《だんな》が何か叫んだようで、次にグリゴーリイの悲鳴が聞こえて、その後はまたしんとして、真っ暗闇です。わたしは胸をどきどきさせながら、そのまましばらく横になっていましたが、もう我慢できなくなって、そっと起き上がって外に出てみました。

母屋《おもや》の旦那の部屋の窓が開いていました。旦那がまだ生きているのかどうか、耳をすましていると、旦那がせわしなく歩きまわったり、ため息をついたりしている音が聞こえました。『じゃあ、まだ生きているのか、ちくしょう！』と思いましたよ。

それで、窓の下まで行って、『わたくしでございます』と旦那に声をかけました。すると旦那は『やつが来た、やつが来たぞ！　もう逃げて行った！』と大声で言って、つまり、ミーチャが来たというわけです。

『グリゴーリイが殺されたぞ！』

『どこでですか？』とわたしは小声で聞きました。

『向うの隅のほうだ』と指さしながら、旦那もひそひそ声になっています。

『ちょっとお待ちください』と言って、庭の隅のほうに探しに行くと、塀《へい》のそばにグリゴーリイが倒れていました。頭が血まみれで、意識もありません。それを見て、『ミーチャが来たのは間違いない！』と確信しました。『よし、思いきってけりをつけてしまおう』と、わたしはその場で決心したわけです。

　ひとつだけ気がかりなのは、マルファがふいに目をさましたりしないかということでした。でも、そのときはもう、気がはやっていて、息も苦しいほどでした。

　もう一度、旦那の部屋の窓の下まで行って、『グルーシェンカ様がいらしています。中に入れてほしいとおっしゃっていますよ』と言ったんです。

　旦那はまるで赤ん坊のように身体をびくりとさせて、『どこだ？　どこにいるんだ？』と、あえぐようにおっしゃるんですが、すぐには信じられないようでした。

『ほら、あそこに立っていらっしゃいますよ。ドアを開けてあげてください！』と言っても、旦那は窓からこちらを見ているだけで、ドアを開けるのは怖ろしいようなんです。

　これはわたしのことを怖がっているんだなと思いましたよ。

　そこで、ふと思いついて、グルーシェンカが来たという例の合図を、やってみたんです。窓枠をたたく、あの合図です。すると、おかしいじゃありませんか、言葉だけでは本気にしなかったのに、こつこつたたいたとたん、旦那は急いでドアを開けたんです。

　わたしが入ろうとすると、旦那が立ちふさがって、『あれはどこにいる？　どこにいるんだ？』と聞きながら、わたしの顔を見つめて、ぶるぶるとふるえているんです。わたしのことを、こう怖がっているようでは、うまくいかないなと思いました。

今にも旦那が大声をあげるんじゃないか、マルファが駆けつけてくるんじゃないか、とんでもないことになるんじゃないか、と怖ろしくなってきて、わたしのほうも足ががくがくしてきました。きっと真っ青な顔をして旦那の前に立っていたと思いますよ。

『ほら、あそこに、あの窓の下にいらっしゃいますよ。見えないんですか？』と声をひそめて言いました。

『じゃあ、ここへ連れて来てくれ、連れて来てくれ！』

『でも、あの方《かた》は怖がっておいでなんですよ。叫び声におびえて、茂《しげ》みの中に隠れてしまわれました。ご自身で行って、声をかけてあげてください』

すると旦那は、窓のほうに走り寄って、そこに灯《あか》りを置いて、『グルーシェンカ、グルーシェンカ、来てくれたのかい？』と呼びました。でも、そうお呼びになりながらも、窓から身をのり出そうとはしないし、わたしのそばを離れようともしないんです。わたしのことが怖くてしかたないんですね。

『ほら、あそこにいらっしゃいますよ』と言って、わたしは窓から身をのり出してみせました。『あそこの茂みのかげで、旦那様を見て笑っていらっしゃいます。見えますか？』

旦那はあの女にはすっかり夢中だったんですねえ。わたしがそう言うと、たちまち本気にして、ぶるぶるふるえはじめましたよ。そして、窓からぐっと身をのり出したんです。そこですさかず、わたしは旦那の机の上に置いてあった文鎮《ぶんちん》をつかんで——ほら、あの、重さが一キロ以上もあるやつです——腕をふり上げて、その文鎮の角のところを、旦那の頭のてっぺんに、後ろから思いきり打ちおろしたんです。

旦那は声もあげませんでしたよ。へなへなとその場にくずおれました。わたしはさらに二度、三度と打ちおろしました。三度目に、たしかに頭蓋骨《ずがいこつ》が割れた手応えがありました。旦那は突然、仰向けにのけぞって倒れました。上を向いた顔が血だらけでした。返り血を浴びていないか、自分の身体を調べてみましたが、大丈夫でした。文鎮をふいて元の場所に戻し、聖像のところに行って封筒を取り出し、破って金を出すと、封筒は床にほうり出し、ピンクのリボンもそのそばにほうっておきました。

庭に出ました。身体がぶるぶるとふるえていました。真っ直ぐに、林檎《りんご》の木のところに行って、そのうろ——あのうろはご存じでしょう？　ずっと前から目をつけておいた隠し場所です。その中に前もって紙やぼろきれを用意しておいたんです。金は紙でくるんで、それをさらにぼろきれで包んで、うろの奥のほうに押しこみました。ですから、あのお金は二週間以上もあそこにあったんです。取り出したのは、退院後です。

お金を隠した後、わたしはまたそっと部屋に戻ってベッドに横になりました。そして怖ろしさにふるえながら、こう考えました。『グリゴーリイがこのまま死んでしまうと、まずいことになる。死なずに息を吹き返してくれたら、ミーチャが来たという証人ができるんだから、こんな好都合なことはない』

そこでわたしは、マルファが目をさますように、うめき声を立てはじめました。それでマルファが起きて、グリゴーリイがいないのに気づいて、外に飛び出して行きました。間もなく、庭からマルファの悲鳴が聞えました。後《あと》はもう、夜通し、大騒動になったわけです。わたしのほうは、もうすっかり安心していました」

スメルジャコフは話し終えると、苦しそうに息をついた。聞いている間中、イワンは相手をじっと見つめ、身じろぎもせず、死人のように押し黙っていた。

「ちょっと待ってくれ」とイワンは何か考えながら言った。「じゃあ、ドアはどうなるんだ？　おまえが親父にドアを開けさせたんだとすると、グリゴーリイはなぜドアが開いているところを見たんだ？　だって、グリゴーリイはおまえより先に行ったんじゃないか」

「あれは、見たと思いこんでいるだけですよ」とスメルジャコフは皮肉な笑いを浮かべた。「あの人は強情ですからね。見たような気がしただけなのに、もうてこでも動きません。まあ、わたしたち二人にとっては幸運ですよ。ミーチャにとっては不運ですけどね」

「まだほかにもいろいろ聞きたいことがあるんだが、頭が混乱してしまって……そうだ、どうしておまえは封筒を破いて、そのまま床の上へほうって行ったんだ？　なぜ封筒のまま持って行かなかった？」

「わざとそうしたんですよ。わたしのように封筒にお金が入っているとわかっている者なら、殺人の後の早く逃げなければならないときに、わざわざ封筒の中身をあらためたりはしません。封筒のままさっさと持ち去るでしょう。

でも、これがミーチャだとちがいます。なにしろあの人は、この封筒のことは話に聞いているだけで、現物を見ていませんからね。封筒を見つけたら、すぐにその場で封筒を破って、中に本当に例のお金が入っているかどうか、確かめるはずです。そして、封筒なんか、その場に捨てていきますよ。あの人はそういう人です。後で証拠になるとか、そんなことは考えません。真っ直ぐな人で、泥棒なんかしたことがありませんからね。それに、なんといっても自分のお金を取り戻すつもりだったんですから。

わたしはこの封筒のことを、検事さんから事情聴取《じじょうちょうしゅ》を受けたときに、あからさまにではなく、ほのめかしてみました。つまり、検事さんが自分で気がついたと思いこめるようにね。検事さん、よだれをたらさんばかりにして喜んでおられましたよ」

「……おまえは、ばかじゃないな。私が考えていたより、ずっと賢い男だ……」

イワンは立ち上がって、部屋の中を歩き回ろうとしたが、部屋がせまくて無理で、その場でくるりと一回転しただけで、また腰をおろした。そのせいで、いっそういらだちが増したのかもしれない。彼は突然、錯乱《さくらん》したようになって叫びはじめた。

「おい、このゲス野郎！　おまえを今まで殺さずに生かしておいたのは、明日、おまえを法廷に立たせるためだ。たしかに、私は父の死を密《ひそ》かに願っていたのかもしれない。だが、おまえをそそのかしてなんかいない。いや、どっちだっていい。とにかく私は、すべてを法廷で打ち明ける。おまえもいっしょに出廷するんだ！　おまえがどんな申し立てをしようと、すべて受けて立ってやる。おまえも、法廷であらいざらい白状しろ！」

イワンのぎらぎらと輝く目を見ただけでも、それが本気だということはわかった。

「あなたは病気ですよ。かなりひどいようです。目もすっかり黄色くなっていますよ」

そう言ったスメルジャコフの口調は、嘲笑《ちょうしょう》的ではなく、むしろ同情的ですらあった。

「いっしょに行くんだ！」とイワンはくり返した。「おまえが行かなくても、私は行く」

スメルジャコフは思いに沈むように、しばらく黙っていたが、こう断言した。

「あなたは行きませんよ」

「おまえには私という人間がわかっていないんだ！」イワンはなじるように叫んだ。

「誰があなたの言うことを本気にするものですか。たったひとつでも証拠がありますか？」

「この三千ルーブルの金がある！」

「そのお金はどうぞお持ちください」スメルジャコフはため息をついた。

「もちろん持って行くとも！」と言ってから、イワンはひどく驚いた様子でスメルジャコフの顔を見た。「この金のために殺したはずなのに、どうして私に渡すんだ？」

「わたしには必要ないんです」片手をふって、スメルジャコフはふるえる声で言った。「以前は、こういう大金を持って、モスクワか、いっそ外国へでも行って、新しい人生をはじめようと思ったこともありました。なにしろ、《神がいなければ、すべてが許される》のですからね。これはあなたが教えてくださったんですよ。神がいないのなら、善行もありえないし、善行なんかまったく必要ないと、あの頃のあなたは本気でおっしゃってましたよ。だから、わたしもそう考えたんです」

「すると、今は神を信じたわけか？　金を返すというのは」

「いいえ、信じたわけではありません」

「じゃあ、どうして返すんだ？」

「もうたくさんです！……話すことはありません」スメルジャコフはまた片手をふった。「あなたは《すべてが許される》といつも言っていたじゃありませんか。そのあなたが、どうしてそうびくついているんです？　おまけにわざわざ自白しに行くなんて……。でも、あなたは行きませんよ。自白なんかするもんですか！」とスメルジャコフは断言した。

「まあ、見ているがいい！」イワンは言った。

「あなたは賢い人ですし、お金が好きです。わたしにはよくわかっています。プライドが高くて、人から尊敬されるのが好きなんです。そして、美しい女性がとても好きです。でも何よりお好きなのは、不自由のない満ち足りた生活をして、誰にも頭を下げずにすむことです。ですから、法廷でそんな恥をさらして、今後の自分の人生をだいなしにするような、そんなとりかえしのつかないことをするはずがありません。あなたはご兄弟の中で、いちばんフョードル旦那に似ています。同じ性根《しょうね》を持っているんですよ」

「おまえは、ばかじゃないな」どきりとしたようにイワンが言った。顔にさっと血がのぼった。「これまではおまえは、ばかだと思っていたよ」彼はこれまでとはちがう、親しげでさえある目でスメルジャコフをながめた。

「あなたが傲慢《ごうまん》だから、わたしがばかに見えたんですよ。さあ、お金をしまいなさい」

イワンは三つの札束をつかんで、むきだしのままポケットに突っこんだ。

「明日、これを法廷で見せてやる」

「あなたは今ではお金持ちなんだから、自分のお金を持って来たと思われるだけですよ」

イワンは立ちあがった。「もう一度言っておくが、おまえを殺さなかったのは、明日、おまえが必要になるからだ。それだけのことだ。よくおぼえておけよ！」

「殺すなら殺しなさい。さあ、今すぐ殺してください！」突然、異様な目でイワンを見つめながら、スメルジャコフが迫った。「それもできないでしょう」彼は苦い笑いを浮かべた。

「何もできやしない！　以前はあんなに大胆だったのに」

「明日まで待っていろ！」イワンはこう叫んで、出て行こうとした。

「イワン！」後ろからスメルジャコフが呼びとめた。

「なんだ？」イワンはふり向いた。

「お別れです！」

「明日までな！」イワンはまたこう言って、部屋を出た。

吹雪はあいかわらずつづいていた。最初の数歩はしっかり歩いたが、そこでよろめいた。『体調のせいだろう』と考えて苦笑した。喜びに似た気持ちが心の内にわき出してきていた。自分の意志が固いことを感じた。ずっと苦しめられてきた迷いも、これでふっきれた。決心はついた。『もう変わることはない』こう思って、彼は幸福な気持ちになった。

## イワンの悪夢

自分に満足し、喜びに包まれながら、イワンは借りている別棟に帰ってきた。

しかし、自分の部屋へ足を踏み入れたとたん、氷のようなものが心にひやりとふれた。彼はぐったりとソファに腰をおろした。目まいを感じていた。具合がよくなく、身体に力が入らず、熱に浮かされているようだった。

彼の視線は、ある一点にじっと集中していた。イワンはにやりとしたが、顔は怒りのためにさっと赤くなった。

そこには、どうやって入ってきたのか、ひとりの男が腰をおろしていた。そしてイワンに話しかけてきた。

「きみは忘れているみたいだけど、カチェリーナのことを聞きにスメルジャコフのところへ行ったのに、彼女のことは何も聞き出せずに帰って来てしまったね」

「ああ、そうだった！」思わずそう叫んでから、イワンは顔を曇《くも》らせた。「そう、忘れていた……でも、もうどうでもいい。肝心なのは明日だ」とひとり言のようにつぶやいた。

イワンは突然、立ちあがった。「私は今、うなされているんだ……たしかにそうだ……タオルを冷たい水で濡《ぬ》らして頭にのせれば、おまえなんか消えちまうさ」

イワンは実際にタオルを濡らして頭にのせて、部屋の中を行ったり来たりした。

「おまえが現実にそこにいるなんて、一瞬だって思ってはいないからな」彼は脅《おど》かしつけるように言った。「おまえは幻覚だよ。私の分身なんだ。ただし、私のある一面だけのね……それも私のいちばんけがらわしい一面の」

「今日のきみは、この前より機嫌がいいね。そのわけを知ってるよ。偉大な決心を……」

「決心のことは言うな！」イワンは怒鳴りつけた。

「きみは明日、兄さんのために、自分を犠牲にするつもりなんだろう？　素晴らしいねえ」

「黙れ！　蹴《け》とばしてやるぞ！」

「ほほう、蹴とばすということは、僕を現実の存在だと認めたわけだ。まさか幻影を蹴とばしたりはしないよね」

「もうおまえには我慢がならない！　私はどうすればいいんだ！」イワンは歯ぎしりした。

客はおかまいなしに、さまざまなことを話しつづけた。話題は次々とつきなかった。その間、イワンは幻覚を信じて本当に狂ってしまわないよう、必死で抵抗していた。歩き回るのをやめて、ソファに腰をおろし、両手で頭を抱えた。濡れたタオルは椅子の上にほうり投げた。なんの効果もなかったのだ。

「ねえ、きみ、僕はじつに魅力的な、愛すべきロシアの青年を知っているんだ」と客が言った。「若き思想家で、文学と芸術の愛好家で……」

「黙れ、黙らないと殺すぞ！」

「まあ、言うだけのことは言わせてくれよ。きみはこの春、言ってたね。『もし世の中のすべての人間が神を否定すれば、これまでの世界観や道徳観は崩《くず》れ去って、何か新しいものが生まれるだろう。人は、生きている間に手に入る、すべてのものを得ようとする。現世での幸福や喜びを求めるようになるんだ。科学によって自然を征服し、人間は快楽を追い求める。誰もがいずれは死ぬことを覚悟し、復活などないことを知り、冷静に死を受け入れるようになる。もはや神や来世のためではなく、人を愛するようになる。愛はもはや永遠ではないが、だが刹那《せつな》的なものとわかっているからこそ、かつて死後の永遠の愛を求めて燃え上がったのと同じくらい、激しく燃え上がる……』とまあこんな調子で、なんとも立派なもんじゃないか！」

イワンは両手で耳を押さえ、床を見つめて座《すわ》っていた。その全身がわななないていた。

「この若き思想家は考えた。『そういう時代は、いったいいつ訪れるのだろう。人間はどこまでも愚かだから、あと千年もかかるかもしれない。だが、現在すでに真理に到達している者は、自分ひとりでも新しい時代の生き方をはじめてかまわないわけだ。神も不死も存在しないのだから、新しい人間は、あらゆる古い道徳観を、平然と飛び越えることができる。つまり、《すべてが許される》』……じつにけっこうな話だねえ」

イワンは突然テーブルの上のコップをつかむと、いい調子でしゃべっている客めがけて、思いきり投げつけた。

客はさっと飛びのき、はねかかったお茶のしずくを払い落しながら言った。

「僕のことを夢だと決めつけたくせに、その夢に向かってコップを投げるとはね」

突然、庭のほうから、激しく窓をたたく音がした。イワンはソファから飛びあがった。

「聞えたかい」と客が叫んだ。「あれはきみの弟のアリョーシャが、じつに思いがけない、とても興味深い出来事を知らせるためにやってきたんだよ」

「黙れ！」イワンは狂ったように叫んだ。

「開けてあげなよ。外は吹雪で、犬だって外に出しておけない天気なんだから」

イワンは窓のところに行こうとした。ところが、手足が縛《しば》られたようになって、どうしてもそれをふりほどくことができない。窓をたたく音はいっそう激しくなっていく。ふいに手足が自由になり、イワンはソファの上で跳ね起きた。

あわててあたりを見まわした。たった今、客に投げつけたはずのコップが、目の前のテーブルの上にあった。客の姿はどこにもなかった。窓をたたく音は本当にしていたが、それは今まで聞いていたような激しい音ではなく、もっとずっと小さな音だった。

イワンは窓に駆け寄り、小窓を開けた。

「アリョーシャ、来るなと言ったじゃないか！」彼は荒々しく叫んだ。「何の用だ？」

「一時間前に、スメルジャコフが首を吊《つ》ったんです」外からアリョーシャが答えた。

## それはあいつが言ったことだ

アリョーシャはイワンの部屋に入ると、すぐにくわしい話をした。

一時間ちょっと前に、アリョーシャの下宿にマリヤが駆けつけて来て、スメルジャコフが自殺したと知らせたのだった。「お部屋に行ったら、壁の釘にあの人がぶらさがっていたんです」彼女は半狂乱で、木の葉《こ》のようにふるえていた。

アリョーシャが彼女といっしょに駆けつけてみると、スメルジャコフはまだぶらさがったままだった。テーブルの上に遺書があり、『わたしは自分の意志で死を選ぶ。誰にも罪はない』と書いてあった。

アリョーシャはまず警察署長の家へ行き、それからイワンのところに来たのだった。

「兄さん、大丈夫ですか！」アリョーシャは大きな声で言った。「ひどく具合がよくないようですね。ぼくが話していることがわかりますか？」

その言葉が耳に入っていないかのようにイワンは言った。「おまえが来てくれてよかったよ」何かをじっと考えているようだった。「あいつが首を吊《つ》ったことは知っていたよ」

「誰に聞いたんです？」

「それはわからない。でも、でも知っていたんだ。誰に聞いたんだろう？　そうだ、あいつが言ったんだ。あいつがさっき……」

「あいつって誰です？」思わずあたりを見まわして、アリョーシャがたずねた。

「消えちまったよ」イワンは顔をあげて、静かに微笑《ほほえ》んだ。「あいつはおまえが怖かったのさ。鳩《はと》のようなおまえがな。おまえは《清らかな小天使》だからな」

「兄さん、横になってください」アリョーシャは心配になって言った。「タオルで頭を冷やしますか？　水で濡《ぬ》らしてしぼって持ってきますね」

「タオルなら、そこの椅子の上にあるから、とってくれ。さっきそこにほうり投げたんだ」

「ここにはないなあ」アリョーシャはそう言って、部屋の隅の洗面所のところから、きちんと畳まれていて、まだ使ったあとのない、きれいなタオルを取り出した。

イワンは不思議そうにそのタオルを見つめていた。

「さっき、たしかにそのタオルをそこから取り出して、水で濡らして頭にのせたんだ。そしてそこにほうり投げた。なのに……どうして乾《かわ》いているんだろう？」

アリョーシャは急いでタオルを濡らすと、イワンの頭にあてがい、そばにすわった。

「アリョーシャ、おまえ寒くないかい。雪の中を来たんだからな。犬だって外に出しておけない天気だものな」イワンは急によくしゃべり出した。「私は首を吊ったりはしないよ。

自分から命を絶つなんて、とんでもない！　私は決してそんなことはしない。卑劣《ひれつ》だからか？　臆病だからか？　いや、生きたいからだ！　でも、スメルジャコフが首を吊ったことを、どうして知っていたのかな？　そうだ、あいつが言ったんだった……」

「兄さんは、ここに誰かいたと、本気で信じているんですね？」アリョーシャがたずねた。

「あそこのソファの上にいたんだ。隅のほうの。いいかい、アリョーシャ、じつはね」イワンは真剣な顔で、秘密でも打ち明けるように言った。「あいつが本当にあいつで、私でなければいいのにと、心から願っているんだ！」

「兄さんはずいぶん苦しんだんですね」アリョーシャは同情のこもった目で兄を見つめた。

「あいつは私をからかうんだ。『良心？　良心って何だ？　そんなもので苦しむなんて、たんなる昔からの習慣だよ。克服すべきものさ』これはあいつが言ったことなんだ！」

「兄さんじゃなくて、あいつが言ったんですね？」澄《す》んだ目で兄を見つめながら、アリョーシャはこらえきれずに叫んだ。「だったら、あいつのことなんか、相手にせず、ほうっておいて、忘れてしまうんです！　兄さんが今、呪《のろ》っているものを、すべてあいつに持って行かせて、もう二度と来させなければいいんです！」

「そうだな。でも、あいつはあつかましいやつなんだ。面と向かって、こんなことを言うんだ。『きみは善行をしに行くわけだね。父親を殺したのは自分だ、下僕《げぼく》をそそのかして父親を殺させたのは自分だと自白しに行くんだね。でも、きみは善なんて信じちゃいない。だから、いらだったり、苦しんだりするんだ』なんて」

「兄さん、しっかりして！」アリョーシャがさえぎった。「殺したのはあなたじゃない」

「でも、あいつが言うんだ。『きみは自尊心のために行くんだよ。みんなにほめてもらいたいんだ。《兄を救うために、自分から告白したんだ》と。そうして、スメルジャコフが懲役に送られて、ミーチャは無罪になり、きみは賞賛される。そうなることを期待していたんだ。ところが、スメルジャコフは首を吊って死んでしまった。となると、いったい誰が法廷できみの言うことを信じる？　それでもきみは出かけて行くだろう。行くと決心したんだから。でも、今さら何のために行くんだい？』怖ろしいじゃないか、アリョーシャ。こんな質問には、私はとても耐えられないよ」

「兄さん！」アリョーシャは怖ろしくなって叫んだ。兄に正気に戻ってほしかった。

「あいつが言ったんだ。『きみにとって善が何だというんだ？　自分の犠牲が何の役にも立たないとわかっているのに、どうして出かけて行くんだ？　それは自分が何のために行くのか、きみ自身にもわかっていないからだ！　それに、じつはきみはまだ本当には決心がついていないんだ。行くべきか、行かざるべきか、きみはひと晩中、迷いつづけることになる。そして、けっきょくは出かけるだろう。でもそれは、行かずにいる勇気がないからなんだ。どうして勇気がないのかは、自分で考えてみるんだね』あいつはこう言うんだ」

イワンは突然、はね起きると、タオルを投げ捨て、また部屋の中を行ったり来たりしはじめた。アリョーシャは医者を呼びに行こうかとも思ったが、兄をひとりにするのが心配だった。イワンはしゃべりつづけていたが、もはや意味不明だった。ろれつも回らなくなり、やがてぐらりと倒れかかった。アリョーシャはそれを支え、寝床に寝かせた。

それからさらに二時間ほどそばにつき添《そ》っていた。イワンは静かな寝息を立てていた。アリョーシャは自分もソファに横になった。眠りにつく前に、ミーチャとイワンのことを神に祈った。

イワンがどうしてこんなことになったのか、彼にはだんだんわかってきた。『誇り高い決心の苦しみ、深い良心の呵責《かしゃく》なんだ！　スメルジャコフが死んだ今となっては、もう誰もイワンの告白を信じないだろう。でも、イワンはきっと法廷に出て証言する。真実の光の中によみがえるか、憎しみのうちに身を滅ぼすか、どちらかだ……』

アリョーシャはふたたびイワンのために祈った。

# 第4章

# 裁判

誰もが興奮し、
誰もが神経を高ぶらせていた。
一刻も早く大詰めを、
検事と弁護人の弁論と判決を、
じりじりするようなもどかしさで
待ちかねていた。

## 運命の日

翌日、午前十時に、この町の地方裁判所で、ミーチャの裁判が開始された。

この事件はロシア全土で評判になっていた。誰もが裁判の開始を首を長くして待っていた。この二カ月の間、さまざまなことが語られ、予想され、想像されていた。あらゆるところで、あらゆる人たちが、じりじりするほど興奮していた。

この日のために、当地にはぞくぞく人が集まってきていた。法律家も有名人も貴婦人たちもやってきた。裁判の傍聴《ぼうちょう》券は、たちまち出つくした。

恋敵《こいがたき》である二人の女性が出廷することも関心を高めていた。カチェリーナとグルーシェンカのことだが、気位《きぐらい》の高い貴族の令嬢《れいじょう》と、高級娼婦とも噂《うわさ》される女の対決に、激しい好奇心と期待が寄せられていた。

法律家たちの関心と興奮は、有名な弁護士のフェチュコーヴィチがペテルブルグからやってきて弁護人（刑事事件で弁護をする場合、弁護人と呼ばれる）を担当することにあった。イワンとカチェリーナとアリョーシャが三人で三千ルーブル出し合って依頼したのだ。フェチュコーヴィチは、普通ならもっと弁護料を取るのだが、なにしろこの事件がロシア中で評判になって、新聞や雑誌が書き立てるので、弁護を引き受ける気になったようだ。

裁判官が入廷するずっと前から、法廷内はすでにぎっしり満員となっていた。午前十時、裁判長、陪席判事、名誉治安判事の計三名の裁判官が入廷した。検事もただちに入廷した。

裁判長が、殺害事件の審理《しんり》の開始を宣言した。

被告を入廷させるようにとの指示があり、ミーチャが姿を現わした。法廷内はしんと静まり返り、ハエの飛ぶ音まで聞えるほどだった。

つづいて、有名な弁護士のフェチュコーヴィチが入廷すると、法廷内がどよめいた。背が高く、やせていて、燕尾服を着て、白いネクタイをしめていた。どことなく鳥を思わせる顔立ちだった。

裁判の最初の手順として、ミーチャは自分の名前や身分などを述べた。その声があんまり大きかったので、裁判長は驚いたように彼のほうを見た。

つづいて、証人や鑑定人のリストが読みあげられた。リストは長いもので、証人のうち四人が出廷していなかった。そのうちの一人は、自殺したスメルジャコフで、彼については警察の死亡証明書が提出された。

スメルジャコフの死の知らせに、法廷内は激しくざわめき、あちこちでひそひそ声が起きた。誰もまだこのことを知らなかったのだ。

ミーチャがこのとき突然、大声でこう言って、みんなをさらに驚かせた。

「犬のようなやつだったが、犬のような死に方をしたか！」

この発言は当然、ミーチャにとって不利な印象を、陪審員《ばいしんいん》や傍聴人《ぼうちょうにん》たちに与えた。自分から本性をさらけ出してみせたようなものだった。

こうした印象の中で、裁判所書記による起訴状の朗読が行なわれた。

「被告は自分の罪を認めますか？」裁判長が威厳のある声でミーチャに問いかけた。

「飲酒と乱暴については自分の罪を認めます」彼は立ち上がって、またも大声で叫んだ。

「しかし、父の死については無罪です！　また、父の金を盗んだということについても、断じて無罪です。おれは卑劣《ひれつ》な男ではありますが、泥棒ではありません！」

こう叫ぶと、ミーチャは腰をおろしたが、その全身はふるえていた。

つづいて、証人がひとりずつ尋問された。

## グリゴーリイの証言

この日のグリゴーリイは、法廷の厳粛《げんしゅく》な雰囲気にも、たくさんの傍聴人にも、まったく圧倒されることなく、落ちついて、堂々とした態度で法廷に立った。

最初に検事が、カラマーゾフ家について、こまごましたことまで、長時間にわたって質問した。それに答えるグリゴーリイの話しぶりからは、純朴《じゅんぼく》で公平な人柄が感じられた。かつての主人に対して敬意を払いながらも、ミーチャに対する主人の仕打ちは不当であったと、グリゴーリイは述べた。「わしが世話をしなかったら、小さい頃にしらみに食い殺されていたでしょう」「母親から息子が相続した領地のことで、父親が息子を騙《だま》すというのも、いいことではありません」などと言った。

ただ、財産のことでは、フョードルがたしかに息子を騙したという根拠を示すことはできなかった。しかしそれでも、「あと数千ルーブルは払わなければならなかったはず」と主張しつづけた。

なお、フョードルがミーチャに対して本当に未払い分があったのかについて、検事はその後《あと》も、アリョーシャやイワンや、そのほかの証人たちに質問しつづけた。不正があったという話は、みんなが知っていた。しかし、そのはっきりした証拠となると、誰もわからなかった。

グリゴーリイに対して、弁護人が反対訊問《じんもん》を行なった。彼はまず第一に、フョードルが《ある女性》のために三千ルーブルの金を入れておいたという封筒のことを聞いた。

「あなたはご自分の目でその封筒を見ているんですよね？　なにしろ、いつもいちばんそばにいたわけですから」

グリゴーリイは、自分は見ていないし、今度みんながその話をし出すまで、そんな金のことは聞いたこともなかったと答えた。

フェチュコーヴィチは、すべての証人に、封筒に関するこの質問をくり返したが、その結果わかったのは、多くの人が話には聞いていたが、実際に封筒を見た者はひとりもいないということだった。弁護人がこの事実にひどくこだわっていることに、誰もが気づいた。

庭へ通じるドアが開いていたことに関しても、弁護人は問いただしたが、グリゴーリイはあくまで主張を変えなかった。

「予審での供述《きょうじゅつ》によりますと」弁護人は急に話題を変えた。「あなたはあの晩、寝る前に、腰の痛みを治すために、薬酒を身体に塗《ぬ》って、残りを飲んだそうですね？　飲んだ量はどれくらいでした？」

「コップ一杯くらいです」

「アルコールをコップに一杯。それだと、《天国の扉が開いている》のだって見えたんじゃありませんか？」

グリゴーリイは黙っていた。法廷に忍び笑いがもれた。

グリゴーリイの退廷前に、裁判長が被告のミーチャに向かって、今の証言に関して何か言っておくことはないか、とたずねた。

「ドアのこと以外は、その男の言ったことはすべて本当です」とミーチャは大声で言った。「しらみを櫛《くし》で取ってくれたことは感謝しているし、私の乱暴を許してくれたことも感謝しています。この老人は一生を通じて正直者でしたし、親父《おやじ》にはむく犬七百匹分も忠実でした」

「被告は言葉を慎《つつし》みなさい」裁判長がきびしく言った。

## アリョーシャの証言

アリョーシャが証言台に立った。彼に対しては検事も弁護人も、終始、好意的だった。アリョーシャの態度はひかえめであったが、不幸な兄に対する同情があふれていた。兄の性格を問われ、兄にはたしかに乱暴なところがあるし、感情に流されやすいかもしれないけれど、でも高潔《こうけつ》で、誇り高く、寛大で、自分を犠牲にすることもできる人だと語った。

「お兄さんはあなたには、父親を殺すつもりだと話したのでは？」と検事がたずねた。

「はっきりとそう言ったことはありません」とアリョーシャは答えた。

「では、はっきりとではなく言ったことはあるんですか？」

「兄は一度、父が憎くてたまらないと言ったことはあります。それで、この感情が頂点に達してしまったら——その瞬間には父を殺しかねないと、兄はそう心配していました」

「それを聞いて、そういうこともありうると思いましたか？」

「ぼくはいつも、ぎりぎりのところで、ある種の気高い感情が必ず兄を救ってくれるだろうと信じていました。そして、実際に救ってくれたのです。なぜなら、父を殺したのは兄ではないのですから」アリョーシャは法廷内に響き渡るような声で、きっぱりと言った。

検事は、進軍ラッパを聞いた軍馬のように身ぶるいした。

「あなたはいったいどういう根拠があって、お兄さんの無罪、そしてスメルジャコフの有罪を確信しておられるんですか？」

「兄はぼくには嘘を言いません。兄の顔を見て、嘘ではないことがわかりました。兄が、犯人はスメルジャコフだと言うのですから、そうなのです」

「顔だけですか？　あなたの証拠はそれだけなんですか？　スメルジャコフ有罪について、お兄さんの言葉とお兄さんの顔以外には、何の証拠もないんですね？」

「はい、他に証拠はありません」

検事はここで質問を打ち切った。アリョーシャの答えに、傍聴席の人々はがっかりしていた。もっとたしかな証拠を彼が握っていると、みんな期待していたのだ。

しかし、つづいて弁護人のフェチュコーヴィチが質問をはじめ、それに答えているうちに、アリョーシャは突然、びくりと身をふるわせた。

「ぼくは今、思い出したことがあります！　自分でもすっかり忘れていたんです。というのも、あのときは意味がわからなかったからなんですが、今になって考えてみると……」

アリョーシャは、僧院へ帰る途中、立木のそばで最後にミーチャと出会ったときのことを語りはじめた。あのときミーチャは、自分の胸を、それも《胸の上のほう》をたたきながら、自分には名誉を回復させる方法がある、その方法はここに、胸のここのところにあるんだと、何度もくり返し言ったのだった。

「ぼくはあのときは、兄が胸をたたくのは、自分の心のことを言っているのだと思ったんです」とアリョーシャはつづけた。「でも、あのとき兄はたしかに、自分の胸にある何かを指さしていました。ぼくは、心臓ならそんな上のほうじゃなく、もっと下のほうなのにと、そのときちらっと考えたのをおぼえています。兄は心臓よりもっとずっと上の、このあたり、首のすぐ下のあたりをたたいて、指さしていたのです。あのとき兄は、例の千五百ルーブルを縫《ぬ》いこんだ守り袋のことを言っていたにちがいありません！」

「そうなんだ！」突然ミーチャが被告席から叫んだ。「そのとおりなんだ、アリョーシャ、あのときおれは拳《こぶし》で守り袋をたたいていたんだ！」

フェチュコーヴィチはあわててミーチャのところに行き、落ち着くようにさとすと、すぐにアリョーシャへの質問をつづけた。アリョーシャも興奮していた。

「あのとき兄は、たしかに《汚辱《おじょく》の半分》という言い方をしました！　半分という言葉を何度か使ったのです！　汚辱の半分だけなら、すぐにも取り除《のぞ》けるのだが、意志が弱くて、それができないと嘆《なげ》いたんです」

「そのことをあなたはたしかにおぼえているんですね？」弁護人が、ねんをおした。

「はっきりと、確実におぼえています」

もちろん、検事も黙ってはいなかった。被告はたんに胸をたたいただけなのではないかと、しつこく確認した。

「たしかに指で、指でここをさしてみせたんです。……どうしてぼくは、今まで、このことをすっかり忘れてしまっていたんだろう！」

裁判長がミーチャに向かって、今の証言に関して何か言うことはないかとたずねた。ミーチャは、すべてその通りで、自分は首の下にぶら下げていた千五百ルーブルを指さしたのだと言った。「おれは返すことができたのに返さなかったんです。何よりの汚辱は、自分が返さないだろうということを知っていたということです！　アリョーシャ、ありがとう！　おまえの言う通りだよ、アリョーシャ」

## カチェリーナの証言

カチェリーナへの証人尋問がはじまった。彼女が現れたとたん、傍聴席の婦人たちは眼鏡やオペラグラスを取り出し、男たちはざわざわと身じろぎして、なかにはもっとよく見ようと立ちあがる者さえあった。

ミーチャの顔が血の気を失って、シーツのように白くなったことにも、人々は気づいた。黒ずくめの服を着たカチェリーナは、指示された席に静かに歩み寄った。その様子からは、彼女がどういう気持ちでいるのかはわからなかった。しかし、その目は何かを決意しているかのように輝いていた。後《あと》で多くの人が語ったように、この瞬間の彼女は驚くほど美しかった。

彼女は低い声で、でも法廷中に聞えるように、はっきりと話し出した。その話し方はきわめて冷静だった。少なくとも、冷静であろうとしていた。

自分が被告のミーチャの正式の婚約者であったことを告げ、「あの人がわたしを見捨てたときまでですけど……」と小声で言い添《そ》えた。

身内へ郵送するためにミーチャに預《あず》けたという例の三千ルーブルのことを聞かれると、

彼女はこう答えた。「あのお金はすぐに郵送してもらうつもりでお預《あず》けしたのではありません。あのときは、あの人がとてもお金を必要としていることを、わたしは察していまして……もしよかったら、一カ月以内に郵送してくださるようにと、あの三千ルーブルをお預けしたのです。ですから、あのお金のことを苦になさる必要はなかったのです……」

そして、彼女はだしぬけにこうつけ加えた。「それに、わたしにはあの人に借金の返済を要求するような権利は、まったくないんです。わたし自身、以前にあの人から、三千ルーブルよりもっと多額のお金をお借りしたことがあります。しかもあのときは、いつかお返しできるかどうか、まったくあてがなかったのに、お借りしたんです……」

弁護人のフェチュコーヴィチが質問した。「それは、この町のことではなく、お二人が知り合われた、最初の頃のことですね？」彼はとっさに、これは有利な展開になりそうだと感じ、この話についてくわしく聞き出そうとしたのだった。

彼女は話しはじめた。そして、何もかもすべて語ったのだった。自分の父親のことも、お金を借りるために、若い将校のミーチャのところへ自ら行ったことも。法廷内は、ひと言も聞きもらすまいと静まり返っていた。誰もが衝撃を受けていた。彼女のようにわがまな、高慢とさえ言えるほど気位《きぐらい》の高い令嬢が、恥をしのんでこんな証言をするとは、これほどの自己犠牲を捧《ささ》げるとは。しかもその相手は、自分を裏切り、はずかしめた男ではないか。その男を救うために、わずかでも彼に有利な印象を人々に与えようとしたのだ！

検事はこの件に関しては、いっさい質問しなかった。

フェチュコーヴィチはほとんど勝ち誇らんばかりだった。高潔な気持ちから五千ルーブルを差し出した人物、それと同じ人物が三千ルーブルの金を強奪するために夜中に父親を殺す。これはどうしたって、つじつまが合わない。少なくとも強盗罪だけは、これで否定された。人々の事件に対する見方は変わり、ミーチャに対する同情的な気分が流れた。

ところが、ミーチャは突然、泣き出しそうな声で叫んだ。

「カチェリーナ、どうしておれを破滅させるんだ！」そう言うと、わっと泣きくずれたが、すぐに自分を抑えて、大声で叫んだ。「これでおれへの判決は下った！」

ミーチャは歯を食いしばり、じっと動かなくなった。カチェリーナは法廷にとどまり、指定された椅子にすわった。彼女は真っ青な顔をして、うつむいていた。近くにいた人の話では、彼女は熱病にでもかかったように、がたがたふるえていたという。

## グルーシェンカの証言

つづいてグルーシェンカが出廷した。

いよいよあの破局に近づいてきた。ミーチャを本当に破滅させたのは、あの破局だろう。あれさえ起きなかったら、被告は少なくとも情状酌量《じょうじょうしゃくりょう》されたにちがいないと、法律家たちも含め、みんなが後《あと》で話していた。

グルーシェンカもやはり黒ずくめの服装で、美しい黒のショールを肩にかけていた。ゴシップ好きの傍聴人たちの視線を感じて、彼女は気が立っていた。人から見下されることには我慢がならなかった。怒りと反抗心に燃えていた。一方で、やはり気おくれもあった。気おくれを感じてしまう自分を恥じる気持ちもあった。だから、彼女の話し方が、ときには腹を立てているようだったり、ときには人を小ばかにするようだったり、ときには自分を責めるような、しんみりとした調子になったりしたのも、無理のないことだった。

フョードルとの関係については、「ばかばかしい。あの人があたしに夢中になったからって、それがあたしの罪ですか?」とくってかかり、でもそのすぐ後に、「みんなあたしが悪いんです。あたしがフョードルとミーチャの二人をからかって、とうとうこんなことになってしまったんです。みんなあたしのせいなんです」とつけ加えたりするのだった。

金の入った封筒は彼女も見たことがなく、フョードルが三千ルーブルを入れた封筒を用意していると、あの《悪党》から聞いただけだと言った。「でも、ばかばかしくて、笑ってやりました。どんなことがあっても、あんなところへ行くもんですか……」

「あなたが今、《悪党》と言ったのは誰のことです？」と検事がたずねた。

「召使《めしつかい》のスメルジャコフのことですよ。自分の主人を殺して、昨日の夜、首を吊《つ》った」

検事は当然、スメルジャコフを犯人と断定する理由を質問した。しかし彼女には、根拠と言えるようなものは何もなかった。

「ミーチャがそう言ったんです。あの人の言うことを信じてください。あの人が自分は無実だと言ったとき、あたしはすぐにそれを信じました。今も信じていますし、これからも信じつづけます。あの人は嘘《うそ》をつくような人じゃないんです」

彼女への尋問の間、ミーチャはまるで石になったように、うつむいたまま、ずっと沈黙していた。

## イワンの証言・突然の破局

イワンはアリョーシャの前に出廷するはずだった。ところが、そのときは廷吏《ていり》から裁判長に報告があり、証人は急病あるいは発作のために、すぐには出廷できないが、回復次第、出廷して証言を行なうつもりでいる、とのことだった。

イワンは、誰のほうにも目を向けず、おそろしくゆっくりと入ってきた。憂鬱《ゆううつ》な物思いに沈んでいるかのように、うなだれていた。

身だしなみはきちんと整えていたが、その表情はどこか病的だった。土気色《つちけいろ》の顔をして、死人のようだった。目には光がなかった。

彼はその目をあげて、ゆっくりと法廷内を見まわした。アリョーシャは、思わず立ち上がって、「あっ！」と声をもらした。

裁判長が、証言は良心にしたがって行うようにと説明すると、ぼんやり裁判長をながめていたイワンの顔が、ふいに笑顔に変わりはじめ、ついには声をあげて笑い出した。

法廷内はしんと静まり返った。何か異常な気配を察《さつ》したようだった。

「あなたは……まだ体調がよくないんじゃありませんか？」裁判長がたずねた。

「ご心配なく。私は充分に健康ですし、興味深いことをお話ししようと思っているんです」

とイワンは、冷静で丁寧な口調で返事をした。

「特別な情報でもお持ちなんですか？」裁判長はまだイワンを信頼できない様子だった。

イワンは目を伏せ、しばらくためらってから、ふたたび顔をあげて、言いよどむような調子で答えた。「いいえ……そういうわけでは。特別な情報などありません」

尋問がはじまった。彼はまったく気乗りのしない様子で、手短に返答した。嫌悪感がしだいにつのってきているようだった。

「何度も聞かれても、答えは同じですよ」彼はふいに質問をさえぎって、疲れきった表情を見せた。「裁判長、退廷させてください。ひどく気分がよくないので」

退廷の許可が出るのも待たず、くるりと後ろを向いて、法廷から出て行こうとした。ところが、四歩ほど歩いたところで、何か思い直したように、ふっと足をとめた。そして、静かな薄笑いを浮かべ、また元の場所に戻ってきた。

「ほら、これが例の金ですよ」イワンは札束を取り出した。「封筒に入っていた金です。父が殺される原因になった金ですよ」

裁判長が驚いてたずねた。「あのお金をどうしてあなたが持っているんです？」

「スメルジャコフから受け取ったんです。あの人殺しから、昨日。あいつが首を吊る少し前に、私は訪ねて行ったんですよ。父を殺したのはあいつで、兄じゃありません。私があいつをそそのかしたんです……父の死を望まない者なんていませんからね」

「あなたは正気で言っているんですか、それとも……」裁判長は思わず口走った。

「正気ですとも！　あなた方《がた》や、ここに集まっている豚どもと同じくらいね！」彼は突然、傍聴席のほうをふり向いた。「こいつら、びっくりしたようなふりをしてやがる！」彼は軽蔑をあらわにして歯ぎしりした。「もし父親殺しがなかったら、みんながっかりして、腹を立てて帰るくせに！《パンと見せ物を与えよ！》ってわけだ！……ところで、水はありませんか？　一杯飲ませてください、頼みますから！」彼はいきなり頭をかかえた。

廷吏《ていり》がすぐに彼のそばへ駆け寄った。アリョーシャが勢いよく立ちあがって、大声で叫んだ。「兄は病気なんです！　兄の話を本気にしないでください！　幻覚症なんです！」

カチェリーナも思わず立ちあがり、恐怖にすくんだまま、じっとイワンを見つめていた。

ミーチャも立ちあがって、何か奇妙にゆがんだ薄笑いを浮かべながら、食い入るように弟を見つめ、その話を聞いていた。

「どうかご心配なく。私は狂ってなんかいませんよ。ただ、人殺しというだけです！」

イワンは顔をゆがめて笑い出した。

検事はうろたえ、裁判官たちはあわただしくささやき合っていた。弁護人のフェチュコーヴィチは耳をそばだてて、聞き入っていた。法廷は静まり返り、何かを期待しているようだった。やがて裁判長が我《われ》に返ったようにこう言った。

「証人、気を静めて話してください。……あなたはその自白を裏付けるような証拠をお持ちなのですか？……あなたが熱に浮かされているのではないとしたらですが」

「そこが問題なんです、証人がいないんです。スメルジャコフがあの世から証言するってわけにもいかないでしょうし……。もっとも、あとひとりだけは証人がいますけどね」とイワンは思い出すように苦笑した。

「それは誰です？」

「尻尾のあるやつですよ、安っぽい悪魔ですよ」彼は笑うのをやめ、秘密めかして言った。

「あいつはきっと、この辺《あた》りをうろついていますよ。ほら、あの証拠物件をのせたテーブルの下あたりに。ああ、何もかも愚劣《ぐれつ》だ。さあ、兄の代わりに私を逮捕したらどうです。私はそのために来たんだから……ああっ、なんだって、こう何もかもが、愚劣なんだ！」

法廷は混乱状態におちいった。アリョーシャは兄のもとへ駆け寄ろうとしたが、そのときにはもう廷吏がイワンの腕をつかんで押さえこもうとしていた。

「何をするんだ！」イワンは廷吏の顔を食い入るように見つめて一喝《いっかつ》し、いきなり相手の両肩をつかむと、猛烈な勢いで床にたたきつけた。しかし、警備員たちがすぐに駆け寄ってきて、イワンを取り押さえた。するとイワンは凄絶《せいぜつ》な声をあげて、わめき出した。法廷から連れ出される間もずっと、大声でわめきつづけていたが、もはや何を言っているのか、とりとめがなく意味不明だった。後《あと》には混乱だけが残った。

## 破滅

一同が落ち着きを取り戻す前に、またしても騒動が起きた。カチェリーナが激しく泣き出し、裁判長に向かって大声で叫んだ。

「ここに手紙があります！　これを早く読んでください！　そこにいる人でなしが書いた手紙です！」彼女はミーチャを指さした。「父親殺しはその男です！　この手紙を読めば、すぐにおわかりになります！　父親を殺すと、わたしに手紙で書いてきたんです！　イワンは病気です、幻覚症なんです！　病気のことは、もう三日も前からわかっていました！」

彼女は夢中になって叫んでいた。裁判長のほうに向かって彼女が差し出している手紙を廷吏《ていり》が受け取ると、彼女は椅子にくずおれ、顔をおおって全身をふるわせながら泣いた。彼女が提出した手紙は、先にイワンに見せたものだった。この手紙さえなければ、ミーチャも破滅しなかったかもしれない。少なくとも、あれほど恐ろしい破滅の仕方はしなかっただろう。

「気持ちは落ちつきましたか？」と裁判長がおだやかにカチェリーナに問いかけた。

「大丈夫です！　わたし、もう充分にお答えができます」

彼女は、手紙についての説明を求められた。

「わたしがそれを受け取ったのは犯行の前夜ですけれど、この人がそれを書いたのはその一日前ですから、犯行の二日前に書いたことになります」彼女はあえぎながら言った。「この人はそのころわたしを憎んでいました。それは、自分が卑劣《ひれつ》なことをして、あの商売女に走ったからです。……それからもうひとつ、わたしに例の三千ルーブルの負い目があったからです。

あの三千ルーブルは、じつはこういうお金でした。父親殺しの三週間ほど前のある朝、この人がわたしを訪ねて来ました。わたしは、この人がお金を必要としていることを知っていました。あの商売女をたぶらかして、駆け落ちするために必要だったんです。わたしはもうそのときには、この人が心変わりして、わたしを捨てる気でいることを知っていました。それでわたしは自分のほうから、この人にお金を差し出して、モスクワの姉のところへ送ってほしいと頼んだのです。お金を渡すとき、この人の顔を見つめて、送るのはいつでもかまわない、『たとえ一カ月後でもかまわない』と言ったのです。

その意味はこういうことでした。『あなたは、あの商売女と二人してわたしを裏切るために、お金が必要なんでしょう。だったら、わたしのほうから、お金をあげます。持っていくといいわ。これを受け取れるほど、恥知らずならね』

そういう意味が、この人にわからなかったはずはありません。わたしは面と向かってそう言ってやったも同じだったのですから。

ところがどうでしょう？　この人は受け取ったんです。受け取って、持って行ったばかりか、あの商売女と使い果たしてしまったんです、それもひと晩で……」

「そのとおりだ、カチェリーナ！」突然ミーチャが大声をあげた。「おれに恥をかかせるつもりだということは、きみの目を見てわかったけれど、それでもおれはきみの金を受け取ったのさ！　この卑劣漢《ひれつかん》を軽蔑してくれ、おれにはそれがふさわしいんだ！」

「被告」と裁判長が叫んだ。「これ以上、勝手な発言をすると、退廷を命じますよ」

「あのお金はこの人を苦しめていました」カチェリーナは息をはずませながら早口でつづけた。「わたしに返そうと思っていました。それは本当です。でも、お金はあの商売女のために必要だったんです。そのために、父親を殺したんです。だから、わたしには返そうとしないで、あの商売女といっしょにあの村まで行って、そこで捕まったんです。この人は、父親を殺して奪《うば》ったお金まで、遊びに使ってしまったんです」

カチェリーナは敵意をあらわにして、さらにつづけた。「父親を殺す一日前に、その手紙をわたしに寄こしたんです。酔って書いた手紙です。わたしがこの手紙を誰にも見せない、たとえこの人が人殺しをしても見せないということを、ちゃんと承知の上で書いたんです。でなければ、書くはずもありません。

手紙をお読みください。そうすれば、この人が前もって、どうやって父親を殺すか、お金がどこに隠してあるか、すべて手紙に書いていることがわかります。そこに『イワンのやつが出かけてくれさえすればね』と書いてあります。つまり、この人はどうやって殺すかを、ちゃんと前もって考えていたんです。何もかも、後《あと》で実際に起きたことと、ぴったり一致しているんです。これは計画書なんです！」

彼女はもはや、このことが自分にどんな結果をもたらすかを気にかけていなかった。まさに崖から飛び降りるようにして告白したのだった。

手紙はその場ですぐに書記によって読みあげられ、衝撃的な印象をひき起こした。

「この手紙を認めますか？」とミーチャは問われた。

「おれのです、おれの手紙です！」ミーチャは叫んだ。「酔っていなければ書かなかったでしょう。……おれたちはいろんなことで憎み合っていたね、カチェリーナ。でも、おれは憎みながらもきみを愛していた。でも、きみはそうじゃなかった！」

彼は倒れるように腰を落し、絶望にかられて手をもみしだいた。

検事と弁護人がかわるがわるカチェリーナに質問をはじめたが、それは主として、『どうして最初の証言のときには、この手紙のことを隠していたのか？』という動機についてだった。

「ええ、そうです、先ほどは嘘《うそ》をついていました。名誉と良心に反して、ずっと嘘をついていました。わたしは、この人を救おうと思っていたのです」カチェリーナは半狂乱で叫んだ。「この人はわたしをおそろしく軽蔑していました。いつも軽蔑していました。それも、わたしがあの五千ルーブルのお金のことで、この人の足もとにひれ伏したあの瞬間から、ずっとそうだったのです。わたしはそれに気づいていました。何度この人の目に、『なんといっても、おまえはあのとき自分からおれのところにやって来たんだからな』という言葉を読みとったことでしょう！　この人がわたしと結婚する気になったのだって、わたしが遺産を相続したからなのです。ああ、この人は、けだものです！　わたしがあのとき訪ねて行ったことを恥じる気持ちから、一生この人に対してびくびくしつづけるだろう、そういう確信があったからこそ、わたしと結婚しようなんて気になったのです！　わたしは自分の愛で、限りない愛情で、この人に打ちかとうとしました。他の女への心変わりにされ耐えるつもりでした。でも、この人は何も、何もわかってくれなかったのです。この人は人でなしです！」

最後に彼女は、イワンがこの二カ月というもの、《人でなしの人殺し》の兄を救おうとして、ほとんど気も狂わんばかりになっていたことを説明した。

「あの方《かた》は、なんとかお兄さんの罪を軽くしようとして、じつは自分も父親を愛していなかった、もしかすると自分も父親の死を望んでいたのかもしれないと、わたしに告白なさいました。ああ、なんて深い、深い良心をお持ちなんでしょう！　この良心であの方はご自分を苦しめていらしたんです！」彼女は目をぎらぎら輝かせて叫んだ。

「あの方《かた》は二度、スメルジャコフのところに訪ねて行かれました。そしてあるとき、わたしのところへいらして、こうおっしゃいました。『もし殺したのが兄ではなく、スメルジャコフなら、私にも罪があるのかもしれない。私が親父を嫌っていたことを、スメルジャコフも知っていた。もしかすると私が父の死を望んでいたように取ったかもしれない』

そこでわたしは、その手紙を取り出して、あの方にお見せしました。するとあの方は、殺したのはやはりお兄さんだと確信して、そのことにひどいショックを受けられました。実の兄が父親殺しだということに、あの方は耐えられなかったのです！　もう一週間も前から、あの方がそのことが原因で病気になられたことに、わたしは気がついていました。ここ数日は、わたしの家にいらしても、うわ言を言っておられました。精神錯乱を起こしておられるのがわかりました。

そして昨日、スメルジャコフが死んだことを知って、あの方は大変なショックをお受けになって、ついにおかしくなってしまったんです。……それもこれも、みんなこの人でなしが悪いんです！　この人でなしを救おうとしたからこそなんです！」

今の彼女は、父親を救うために若い遊び人の前に身を投げ出した、あの一途《いちず》なカチェリーナだった。先ほど、たくさんの傍聴人の前で、ミーチャの運命を少しでもやわらげるために、自分の恥をさらしてまで、《ミーチャの高潔《こうけつ》なふるまい》を語った、あのカチェリーナだった。

彼女はまたも自分を犠牲にしたのだが、それはもう別の男のためだった。もしかすると、彼女はこの瞬間にはじめて、イワンが彼女にとってどんなに大切な存在であるかを自覚したのかもしれなかった。殺したのは兄ではなくて自分だというイワンの証言が、彼を破滅させるのではないかという恐怖から、イワンを救うために彼女は自分を犠牲にしたのだ。

床に頭がつくほどひれ伏したせいでミーチャが自分を軽蔑していたと叫んだとき、彼女は決してミーチャをわざとおとしめていたわけではなかった。彼女はあのひれ伏した瞬間から、彼女をあがめんばかりに熱愛していたミーチャが、心の中では自分を軽蔑しているのだと、深く確信していたのだ。

彼女があのとき、自分のほうから彼に愛を寄せたのも、傷つけられた誇りのためだった。だからこの愛は、愛というよりも、むしろ復讐に似ていた。

そんな愛でも、本物の愛に育っていったかもしれない。カチェリーナもそれを願っていた。しかし、ミーチャの裏切りによって、彼女は魂の奥底まではずかしめられた。もはや魂が許そうとはしなかったのである。復讐の機会は思いもかけないかたちで訪れた。こうして、はずかしめられた女性の胸の内に、長い間、積もりに積もっていた恨《うら》みのすべてが、いっきに表にあふれ出したのだった。

言うだけのことを言ってしまうと、張りつめていた気持ちが急にゆるんで、今度は恥ずかしさが一度に押し寄せてきた。彼女は泣き叫びながら、その場に倒れこんだ。

カチェリーナが法廷から、かつぎ出されるとき、グルーシェンカが泣きわめきながら、ミーチャのほうに駆け寄った。制止する間もなかった。

「ミーチャ！」と彼女は叫んだ。「とうとうあの女が正体をあらわしたわ！」憎しみに身体をふるわせていた。裁判長の指示で、廷吏《ていり》が彼女を取り押さえ、法廷から連れ出そうとした。しかし、彼女は抵抗し、ミーチャのほうに戻ろうとあがいた。ミーチャも大声をあげて、彼女のほうへ駆け寄ろうとした。しかし、二人とも押さえつけられた。

誰もが興奮し、誰もが最後の破局によって神経を高ぶらせていた。一刻も早く大詰めを、検事と弁護人の弁論と判決を、じりじりするようなもどかしさで待ちかねていた。

弁護人のフェチュコーヴィチは、カチェリーナの証言にショックを受けていた。一方、検事のほうは勝ち誇っていた。ほぼ一時間近い休廷が告げられた。

## 検事の論告

検事のイポリートが論告（証拠調べの結果にもとづいて検察側が意見を述べること）をはじめ

たのは、夜の八時だった。

「陪審員のみなさん、この事件はロシア中を震撼《しんかん》させています。カラマーゾフ家とは、いったい何なのでしょうか？　悲惨な死に方をした《一家の父》は、父としての義務感などまったくなく、自分の子供たちを裏庭で育て、彼らがよそへ引きとられるのを喜んでいたのです。老人の道徳的信条は『わが亡き後に洪水よ来たれ』でした。他の者がどうなろうと、自分さえよければいいのです。彼は息子の金――それも亡き妻の遺産を――ごまかし、その金で息子の愛人を横取りしようとしたのです。彼はその報《むく》いを受けました。しかし、悲しいことに、現代の大多数の父親は、本質的には彼と変わらない考え方の持ち主なのではないでしょうか？

　彼の息子のうちのひとりは、われわれの目の前の被告席にすわっています。この人物の内には、善と悪が驚くべきかたちで混在しています。彼はシラーの愛読者であり、同時に酒場で飲んだくれ、飲み友達のあごひげをむしるのです。彼も良い人間になるときがありますが、それは彼が良い気分でいるときに限られるのです。彼はお金に汚くはありません。彼に大金を与えてごらんなさい、ひと晩のうちに飲めや歌えで、きれいに使い果たしてしまうでしょう。しかし、もし金がもらえず、それがどうしても必要ということになれば――彼はどのようにしてでも手に入れてみせるでしょう！」

## スメルジャコフ犯人説

ここで検事のイポリートは、スメルジャコフ犯人説について徹底的に検証し、けりをつけてしまおうとした。

「昨晩、この町の外れで、この事件に深くかかわっていた召使《めしつかい》、いや、フョードル・カラマーゾフの私生児であったかもしれない、スメルジャコフが自殺しました。

彼は予審のさいに、涙を流しながら、イワンが彼を戦慄《せんりつ》させたことを語りました。『あの方《かた》のお考えでは、この世ではすべてが許されている、あらかじめ何も禁じられているはずがないのです。わたくしにもいつもそう教えてくださいました』というのです。おそらく彼はこの考え方がもとで、とうとうおかしくなったのでしょう。

もちろん、彼の精神錯乱には、持病のてんかんと、カラマーゾフ家に起こった恐ろしい惨劇も影響しているのでしょうが。

スメルジャコフ犯人説が人々の間でささやかれていますが、はたしてこれは信じるにたる説でしょうか？

まず第一に、スメルジャコフに対する疑惑は、いったいどこから生じたのでしょうか？

殺したのはスメルジャコフだと最初に叫んだのは、被告でした。しかし、今に至るまで、彼はその告発を裏づけるような証拠をひとつとして示すことができません。すなわち被告の二人の弟スメルジャコフ犯人説を支持するのは、たった三人だけです。すなわち被告の二人の弟と、グルーシェンカです。

イワンがそれを言い出したのは、今日が初めてで、しかも病気で錯乱していたことは明らかです。これまでの二カ月間は、兄の有罪を確信し、反論したことさえなかったのです。アリョーシャのほうは、先ほど彼自身の口から、スメルジャコフ犯人説の根拠は、被告である兄の顔と言葉だと、証言しました。

グルーシェンカにいたっては、『被告がそう言っているのですから、信じてやってください。被告は嘘《うそ》をつくような人ではありません』というのです。

しかも、この三人は被告の身内や愛人です。これでこの説を信じられるでしょうか？先ほど、三千ルーブルの金が法廷に提出されました。イワンはそれを『例の封筒に入っていた金で、昨夜、スメルジャコフから受けとった』と言いました。

もしそうだとすると、スメルジャコフは良心の呵責《かしゃく》から、昨夜、金を返し、首をくくったということになります。というのも、もし良心の呵責がなければ、金を返すはずがありませんから。だったら、なぜ遺書で真実をすべてを告白しなかったのでしょうか？

お金だけでは証拠にはなりません。じつは一週間前、まったくの偶然から、ひとつの事実を知りました。イワンは額面五千ルーブルの債券を二枚、合計一万ルーブルの債券を、換金のために県庁所在地の町に送っているのです。ですから、イワンが三千ルーブルを提出しても、それが例の封筒に入っていた金だという証拠はありません。

それどころか、こんなふうにも考えられます。スメルジャコフが自殺したことを知ったイワンは、『あいつは死んだのだから、あいつのせいにして、とにかく兄を救おう。金は手もとにあるから、スメルジャコフから死の直前に渡されたと証言しよう』と思いついたのではないかと。

あるいは、イワンは意識的に嘘をついたのではなく、スメルジャコフの突然の死の知らせによって、精神が錯乱し、実際にそういうことだったという妄想にとらわれたのかもしれません。彼がどんな状態だったかは、先ほどご覧になったはずです。彼はちゃんと立っていたし、話もしていました。しかし、はたして正気だったでしょうか？」

**封筒ごと持って行かなかったのはなぜか？**

検事はさらにつづけた。「イワンのうわごとのような証言の後、カチェリーナに宛てたミーチャの手紙という証拠物件が提出されました。犯行の二日前に書かれたもので、犯行の詳細な計画が記されています。そして、まさにその計画通りの犯罪は実行されたのです。

被告は父親の屋敷の窓の下から、おじけづいて逃げ出したりはしていません。彼は部屋に入り、やろうと決めていたことをやったのです。手にした銅の杵《きね》で父親を殺害し、グルーシェンカが来ていないことがわかると、枕の下に手を入れて、金の入った封筒を取り出したのです。

その引き裂かれた封筒は、この法廷の証拠物件を置いたテーブルの上にあります。

もし金目当てでスメルジャコフが殺したとしたら、わざわざ封筒を破って中の金を確《たし》かめるような手間はかけずに、さっさと封筒ごと持ち去っていたでしょう。なぜなら、彼は封筒の中に金が入っていることを知っていたのですから。金は彼の見ている前で封筒に入れられ、封をされたのです。

もし封筒ごと持ち去ってしまえば、世界中に誰ひとりとして、そんな封筒が存在したことも、その中に金が入っていたことも、知る者はなかったのです。したがって、その金が盗まれたことを知る者もなかったのです。

ですから、スメルジャコフなら、わざわざ封筒を破って、その封筒を床の上に残して行くようなことをするはずがないのです。

そんなことをするのは、頭に血がのぼって、前後の見さかいもつかなくなった殺人者です。それまで一度も見たことのなかった封筒を手にし、彼は本当に金が入っているのかどうかを確かめるために封筒を破り、それから金をポケットにねじこんで逃げ出したのです。床の上に、破れた封筒という、重大な証拠を残してきてしまったことなど、はなから頭になかったのです。

彼は逃げながら、追いかけてくるグリゴーリイに気づきます。塀《へい》を越えようとしたところで、グリゴーリイに足をつかまれます。その頭に銅の杵《きね》をふりおろすと、一撃《いちげき》でグリゴーリイは倒れます。

被告は塀からグリゴーリイのそばへ飛び降りました。このとき、被告はなぜ飛び降りたのでしょう？　被告は、グリゴーリイをかわいそうに思い、なんとか助けてやることはできないかと、様子を見るためだったと申し立てています。

しかし、そんな同情をしていられるような場合だったでしょうか？

いいえ、被告が飛び降りたのは、自分の凶行の唯一の目撃者が、まだ生きているかどうかを確《たし》かめるためだったのです！　それ以外の感情や動機は、すべて不自然です。

被告はグリゴーリイが死んでいると思いこむと、全身血まみれのまま、ふたたびグルーシェンカの家へ引き返しました。この瞬間に彼が考えていたのは、彼女はどこにいるかということだけでした。そして、彼女が《昔の男》のいるモークロエへ行ったという、思いがけない知らせを聞いたのです！」

## 千五百ルーブルは宿屋に隠されている

「これまで狂ったように嫉妬を燃やしていた被告ミーチャが、この《昔の男》に対してだけは、たちまち戦意を喪失《そうしつ》して、消え入らんばかりになってしまいます。『改心して、かつて自分がすてた恋人のもとへ、新たな愛と、誠実な結婚の申し込みと、幸福な生活の約束とをたずさえて戻ってきた《昔の男》。それに比べて、おれはいったい何だ？　おれのように不幸な男が、今さら彼女に何を与えられるというのか？』被告はそうさとったのです。自分の犯行が今やあらゆる道をふさぎ、もはや自分に生きるすべはなく、死刑を宣告される犯罪者にすぎないことを、彼は理解したのです！

この考えに彼はおしつぶされ、打ちのめされました。そして、この恐ろしい状況から逃れるために、とっさに別の計画を思いつきます。それは自殺でした。

彼はペルホーチンのところに抵当として置いていったピストルを請《う》け出しに走って行き、その途中で、ポケットから金をつかみ出すのです。たった今、自分の手を父親の血で汚して得た、その金です。

『グルーシェンカのところに行こう。大酒宴を開いて、崇拝する女性の新しい幸福を祝おう。それから、すぐその場で、彼女の足もとで、おれの頭を撃《う》ち抜くんだ！　いつの日か彼女はおれのことを思い出し、おれがどんなに彼女を愛していたか、あわれんでくれるにちがいない！』

絵のような美しさ、ロマンチックな熱狂、カラマーゾフ的な激情と感傷とが、ここにはあふれています。

ところが、モークロエに到着してまだ数分と経たないうちに、彼は早くも、《昔の男》が、どうやらそれほどの男ではないらしいことに気づきます。

グルーシェンカが《昔の男》をふって、ミーチャに向かって、これからの新しい生活と幸福とを約束してくれたとき、彼がどれほどの精神的苦悩を味わわなければならなかったか、想像もつかないほどです。彼にとっては、もはやすべてが終り、すべてが不可能になってしまっていたのですから。

彼はなぜあのとき自殺しなかったのでしょうか？　いったん心に決めた計画をなぜ放棄したのでしょうか？　それは、愛されたいとあれほど願っていた、その願いが今にも満たされるという期待からです。彼は彼女に見とれ、とろけてしまいそうでした。その陶酔は、逮捕の恐怖ばかりか、良心の呵責《かしやく》さえも抑《おさ》えつけてしまうほどだったのです！

逮捕されるとしても、明日の朝だろう。まだ数時間ある。それで充分すぎるくらいだったのです！　そのときの被告の心理は、処刑場に連れて行かれる死刑囚に似たものではなかったかと想像します。まだあの長い通りを馬車で行かなければならない。それから角を曲って、別の通りに折れる。そして、その別の通りの外れまで行かなければ、恐ろしい処刑場には着かないのだ！　囚人馬車に乗せられて、処刑場への行進がはじまる最初の瞬間、死刑囚はまだ自分の行く手には無限の人生があるように感じるにちがいないと、私はそのように思います。しかし、家々は次々と後ろになり、馬車は休むことなく進みつづける……ああ、まだ大丈夫、次の通りの曲り角まではまだあんなにある。そこで死刑囚は元気に首を右や左にふって、自分に視線を釘づけにしている数千もの物見高い群衆をながめる。自分も彼らと同じ人間だと、まだそう感じることができる。でも、やがて次の通りへの曲り角まで来てしまう！　いや、平気だ、なんでもない、まだ通りが一本、まるまる残っているんだ。そして、どれだけ家並が過ぎ去っても、『まだ家はたくさん残っている』と思いつづけるのです。いよいよ最後まで、処刑場につくまで、こんな気持ちでいるのです。

あのときの被告ミーチャも、これと同じ気持ちだったと私は想像します。もちろん、彼の心は混乱と恐怖にとらわれていました。しかし、それでも彼は、金の半分を別にして、どこかへ隠す余裕を持っていました。でないと、父親の枕の下から盗んできたばかりの三千ルーブルの半分がいったいどこへ消えてしまったのか、説明がつきません。被告は以前にも何度かモークロエに行ったことがあり、二日にわたる豪遊をしたこともあります。あの古くて大きな木造の宿屋のことは、物置や廊下の端に至るまで、被告は知りつくしていました。私の推測では、半分の金は、逮捕される前に、あの宿屋のどこかに隠されたのです。どこかの隙間《すきま》か、割れ目か、床板の裏か、あるいは天井裏にでも。

なんのために？　理由はわかりきっています。逮捕という破局が迫っています。いかにそれを迎えるべきか、彼はまだ考えがまとまっていません。考える暇がありませんでした。しかも、頭はずきずきするし、心は彼女のことでいっぱいです。だが金は――金はどんなときにも必要です！　金さえあれば、どこに行っても何とかなります。

逮捕後、彼は予審判事に、一カ月ほど前に千五百ルーブルを守り袋に取り分けたと主張するのですが、こんな嘘《うそ》をとっさに思いつけたのも、その二時間前に、千五百ルーブルの金を取り分けて、モークロエのどこかに隠したばかりだったからにちがいありません。

われわれはあの宿屋の捜索を行ないましたが、金は見つかりませんでした。金はまだあそこにあるのかもしれませんし、あるいは、翌日には誰かに頼んで持ち出して、今は被告が所持しているのかもしれません。

いずれにせよ、被告はグルーシェンカの前にひざまずいているところを逮捕されたのです。彼女はベッドに横たわり、被告は彼女のほうに両手を差しのべて、その瞬間、すべてを忘れていました。われわれが近づく物音にさえ気づかないほどでした。あの運命の夜から二カ月というもの、被告は何ひとつ説明することができず、以前の空想的な供述を裏づけるような現実的な証拠を、ひとつして提出することができないのです。そんなことはどうでもいいから、名誉にかけて信じてくれ、と言うばかりです。われわれとしても彼を信じたいのはやまやまです！　しかし、証拠が必要です。それも、たしかな事実でなければなりません。実の弟が被告の顔の表情から出した結論だとか、被告が胸をたたいたのは、きっと守り袋を指さしたにちがいないとか、そういうのでは困るのです。

新しい事実があれば、われわれはすすんで起訴を取りさげましょう。しかし今は正義の声に耳を傾けるべきときです。何ひとつ取りさげるつもりはありません。実の息子による父親殺しを容認するような判決はあってはならないのです！」

イポリートは悲愴な調子で論告を終えた。聴衆に与えた感銘は、大変なものであった。彼自身も興奮して、法廷を出て行ってから、別室であやうく気を失いかけたほどだった。裁判は休憩に入ったが、それはごく短時間で、十五分か、せいぜい二十分だった。

## 弁護人の最終弁論

鐘が鳴り、みんなが席へ駆け戻った。弁護人のフェチュコーヴィチが登場した。法廷内はしんと静まり返った。すべての視線が彼にそそがれていた。

「私は、被告の無罪を確信せずに弁護を引き受けたことは、一度もありません。今回の事件の場合も同じです。被告に不利な事実ばかりが圧倒的に多いですが、それらをひとつひとつ検討していくなら、じつは確実な事実はひとつとしてないのです！

陪審員のみなさん、私は当地に初めて来た人間です。ですから、先入観なく物事を判断することができます。被告は、荒っぽくて自分を抑えることができず、もともと多くの人たちから反感を持たれていたようです。しかしそれでも、被告は当地の社交界に出入りを許され、ここにいる検事さんのお宅でさえ歓待されていたという事実があります」

傍聴席から笑いが起った。検事がミーチャを家に出入りさせていたということ、それも検事夫人が彼に興味を持っていたということを、町中で知らない者はいなかったのだ。

弁護人は言葉をつづけた。「才能豊かな検事さんは、きわめて緻密《ちみつ》な心理学を用いられます。心理学はたしかに奥深いものです。しかし、『両刃《もろは》の剣』のようなところもあります。

つまり、正反対の解釈が成り立つことさえあるのです。

どういうことか、検事の論告から思いつくままに、ひとつ例をあげてみましょう。被告はあの夜、塀を乗り越えて逃げようとしたとき、彼の足に取りすがった召使《めしつかい》を銅の杵《きね》で殴《なぐ》り倒しました。それから、また庭に飛び降り、被害者の状態を確《たし》かめました。検事は、被告がグリゴーリイ老人のそばへ飛び降りたのはあわれみの気持ちからだということを、どうしても信じようとされません。『そういう感傷はああいう瞬間にはありえないし、不自然だ。被告が飛び降りたのは、自分の犯行の唯一の目撃者が生きているかどうかを確かめるためだ。そのことが、彼が犯人であることを立証している。なぜなら、ほかの動機、衝動、感情から庭に飛び降りることはありえないからだ』これが心理学です。しかし、この同じ心理学を用いて、別の角度からこれを事件にあてはめてみると、同じように本当らしい、まったく別の結果が出てくるのです。

犯人が庭へ飛び降りたのは、検事の言うように、目撃者が生きていてはまずいという警戒心からだったとしましょう。ところが一方でこの犯人は、その直前、自分が殺した父親の死体のそばに、三千ルーブルが入っていた封筒という重大な証拠を残してきているのです。『もし封筒ごと持ち去ってしまえば、世界中に誰ひとりとして、そんな封筒が存在したことも、その中に金が入っていたことも、知る者はなかったのです。したがって、その金が盗まれたことを知る者もなかったのです』これは検事さんの言葉そのままです。

床の上に証拠品を残して逃げ出すほど警戒心が不足している犯人が、その二分後に、別の男を殴りつけたときには、たちまち冷静で無慈悲な警戒心を発揮したことになります。まあ、それもよしとしましょう。こういう状況では、コーカサスの鷲《わし》のように目ざとくもなれば、次の瞬間には、もぐらのように目端がきかない小心者にもなるものです。

しかし、もし被告が、目撃者の生死を確かめるためだけに飛び降りるほど警戒心が強く冷酷なら、なぜハンカチで被害者の頭の血をふいたりしたのでしょう？　血のついたハンカチという証拠ができてしまうのに。それよりも、塀から飛び降りたらすぐに、倒れているグリゴーリイの頭を例の杵でさらに殴って、とどめをさすほうが、早いし確実です。

しかも、被告は、もうひとつの証拠物件、すなわち例の銅の杵を、そこの小道にほうり投げているのです。この銅の杵は、被告がフェーニャの見ている前で台所からつかんできたもので、残しておけば、後日フェーニャが証言することはわかりきっています。

しかも、被告はその銅の杵を小道についうっかり置き忘れたのではありません。明らかに投げ捨てたのです。なぜならこの銅の杵は、グリゴーリイが倒れていた場所から十五歩も離れたところで発見されたからです。なぜ被告はこんなことをしたのでしょう？　それは、グリゴーリイを殺してしまったかもしれないことが悲しく、腹立たしく、それで凶器となった銅の杵《きね》を呪いの言葉とともに投げ捨てたのです。それ以外には考えられません。そして、ひとりの人間を殺したことに、それほどの苦痛とあわれみを感じることができたのは、それは父親を殺さなかったからです。すでに父親を殺していたら、次の被害者にあわれみの気持ちを起こして、そばに飛び降りたりしないはずです。そのときは別の感情が起こったにちがいありませんし、そうなればあわれみどころではなく、自分を救おうという気持ちが先に立つはずです。くり返しますが、時間をかけて被害者の頭をハンカチでふいたりせずに、一気に頭蓋骨《ずがいこつ》をぶち割ってしまったはずです。このとき、やさしい気持ちになれる余地があったのは、それ以前に、良心にやましいことがなかったからこそです。というわけで、これはまったく別の心理学になるのです。

陪審員のみなさん、私が今、わざわざ心理学を用いてみせたのは、心理学というのはどのような結果でも引き出せるものだということを、はっきりさせたかったからです。陪審員のみなさん、むやみに心理学を用いるのは危険なのです」

傍聴席から同調の笑い声が起きた。それはあきらかに検事に向けられたものだった。

## 金はなかった、強奪もなかった

弁護人の弁論で、誰もが驚いたのは、例の三千ルーブルの存在を完全に否定し、したがってその強奪《ごうだつ》もありえないとしたことだった。

「陪審員のみなさん、先ほども申し上げましたように、私は当地に初めて来た人間ですから、何の先入観もなく物事を判断することができます。そんな私にとって、この事件には、驚くべき点があります。それは、ほかでもありません、強奪行為について起訴が行なわれているのに、強奪されたものについて、まったく証明がなされていないということです。三千ルーブルの金が強奪されたと言われていますが、その金が実際に存在したということを、誰ひとり知る者がありません。

それを見たことがあり、それが封筒に入っていると言ったのはスメルジャコフだけです。このことを、まだ惨事の起きる前、被告とイワンとグルーシェンカに伝えたのも彼です。ところが、これらの三人は自分ではその金を見ていません。

そうなると、おのずと次のような疑問が浮かんできます。スメルジャコフが見たのは事実だとしても、最後に見たのはいつだったのか？　もし主人がその金を枕の下から取り出し、スメルジャコフには言わずに、また手文庫の中へしまったとしたら、どうでしょう？

この点に注意していただきたいのですが、スメルジャコフの言葉によると、金はベッドの枕の下に入れてあったそうです。つまり、被告はそれを枕の下からひっぱり出さなければばならなかったのです。ところがベッドは少しも乱れていなかったのです。このことは調書にはちゃんと記載されています。だとすると、被告はいったいどうやって取り出したのでしょうか？　それどころか、あの夜のためにわざわざ敷《し》かれた真新しい薄地のシーツを、まだ血まみれの両手で、どうやって汚さずにすんだのでしょうか？『だったら、床の上に落ちていた封筒はどうなるんだ？』そうおっしゃる方《かた》がおられるかもしれません。まさにこの封筒こそが、被告の強奪容疑の唯一の根拠なのです。もしこの封筒がなければ、強奪が行なわれたことも、そもそも金が存在したことも、誰ひとり知らなかったのです。しかし、床の上に封筒が落ちていたというだけで、その中に金が入っていたことや、その金が強奪されたことが、立証されるものでしょうか？『しかし、スメルジャコフは金が封筒に入っているのを見ているではないか』と言われるかもしれません。しかし、スメルジャコフが最後にその金を見たのはいつなのです？　私はスメルジャコフと会って話をしましたが、彼は事件の二日前にそれを見たと言いました。だとすれば、たとえば、次のようなこともありえたわけです。

フョードル老人は、ひとりで部屋に閉じこもって、グルーシェンカの来るのをじりじりしながら待っていて、ふと退屈まぎれに封筒を引っぱり出し、中から金を取り出そうという気になった。『封筒を見せるより、百ルーブル札を三十枚、札束で見せるほうが、効き目があるだろう。よだれを流して喜ぶにちがいない』そこで彼は封筒を破り、中の金を取り出し、封筒はそのまま床の上に投げ捨てた。どうでしょう、陪審員のみなさん、こういう仮定にも可能性があるのではないでしょうか？　絶対にありえないことでしょうか？

もしこれに類したことが起こり得たとすれば、その場合には、強奪の容疑はおのずと消滅してしまいます。つまり、金はなかったし、したがって、強奪もなかったのです。『だが、フョードルが自分で金を封筒から抜き出したのだとしたら、その金はどこに行ったんだ？　家宅捜索のさいに発見されなかったではないか？』と言われるかもしれない。

第一に、金の一部は手文庫から発見されました。第二に、彼は前の晩や朝のうちに、もう金を取り出して、別のことに使ったり、支払いや送金をしたのかもしれません。第三に、そもそも計画を変更していて、それをスメルジャコフに知らせる必要など、まるで感じていなかったのかもしれません。

いずれにせよ、このような仮定の余地が少しでもあるなら、あれほど断定的に、殺人は強奪の目的で行なわれたのだ、たしかに強奪を実行したのだなどと、被告を告発することができるでしょうか？　もし何かが強奪されたのであれば、その何かをはっきり示すなり、少なくともそれが実在したことを証明する必要があります。ところが、それを見た者がひとりもいないのです。

つい最近、ペテルブルグで、十八歳の若者が、斧《おの》を持って両替店に押し入り、店主を殺害し、千五百ルーブルの金を奪《うば》って逃走しました。五時間ほどでこの若者は逮捕され、すでに使ってしまった十五ルーブル以外は、千五百ルーブル全額が発見されました。両替店の店員によって、盗まれた金の内訳が、虹色の百ルーブル紙幣が何枚で、赤色の十ルーブル紙幣が何枚で、青色の五ルーブル紙幣が何枚で、金貨が何枚ということもわかりました。逮捕された犯人は、まさしくその通りの紙幣と金貨を持っていたのです。陪審員のみなさん、私が証拠と呼ぶのはこのようなものなのです！」

## 千五百ルーブルしか出てこなかったという事実

「『それはそうだが、被告はその夜、豪遊している。千五百ルーブルもの金を持っていたではないか。その金はいったいどこから現れたんだ？』と言われるかもしれません。しかし、千五百ルーブルだけが見つかって、あとの半分がどうしても見つからないというのも事実です。この事実こそ、その金がまったく別の金だということを立証するものではないでしょうか。

あの夜の時間経過を厳密に計算してみたところ、被告はフェーニャのところからペルホーチンの家に向かって駆け出し、自宅にもどこにも寄っておらず、その後はずっと人前に身をさらしています。したがって、三千ルーブルのうち半分を取り分けて、町のどこかへ隠す暇はなかったことが、予審でも認められ、立証されています。

そして、まさにこのことが、金はモークロエのどこかの隙間に隠されているという検事の推測の根拠になっているのです。みなさん、この推測こそ空想的ではないでしょうか？

しかも、この仮定、つまり、金はモークロエに隠してあるという仮定が消滅するだけで、強奪についてのいっさいの容疑は消え失せてしまうのです。

なぜかと言うと、そうなるとその千五百ルーブルの金の行方がまるでわからなくなってしまうからです。被告がどこへも寄らなかったことが立証されているとすると、いかなる奇跡でその金は消滅してしまったのでしょう？ ところが私たちは、まさにそんな空想をもとにして、ひとりの人間の人生を破滅させようとしているのです！

『それにしても、被告は所持していた千五百ルーブルをどこで手に入れたのか説明できなかったし、しかも、その晩まで被告が一文なしだったことは誰もが知っているではないか』と言われるかもしれません。

けれど、被告は、その金をどこで手に入れたかについて、ちゃんと明解な説明をしているのです。カチェリーナから受け取った三千ルーブルの半分を、守り袋に取り分けておいたのだと。検事がそれを信じないだけです。『被告がカチェリーナから受け取った三千ルーブルは、惨劇の一カ月前、モークロエですべて使いきっている。そのことについては証人が何人もいる』という反論があるでしょう。しかし、他人の手にあるパンはいつも大きく見えるものです。これらの証人たちの誰ひとりとして、自分でその金を数えた者はなく、ただの目分量なのです。二万ルーブルだと証言した者もいるほどです。

陪審員のみなさん、心理学は『両刃《もろは》の剣』ですから、もう一方から考えても同じ結果が出るかどうか、試してみようではありませんか。

惨劇の一カ月前、被告はカチェリーナから三千ルーブルの金を郵送するようにと預《あず》けられました。ここで疑問なのは、この金が本当に、カチェリーナが先ほどここで叫んだように、恥辱《ちじょく》と汚辱《おじょく》をこめて手渡されたものなのかどうかということです。カチェリーナは最初の証言では、そんなことは言いませんでした。二度目の証言ではじめて出てきたことです。これまで胸に秘めてきたうらみつらみ、長年の憎しみのこもった叫びとともに。しかし、カチェリーナが最初の証言で正しくない供述《きょうじゅつ》をしたということは、それだけでもう、第二の証言も正しくない可能性があるということです。

清純で道徳心のある女性が——カチェリーナはまさにそういう女性ですが、突然、法廷において、被告を破滅させるために、最初の証言をくつがえしたとすれば、その証言が公平で冷静な気持ちで行なわれたものでないことは、明白なのではないでしょうか。

そうです、彼女が金を差し出したときの恥辱と汚辱というのは、あきらかに誇張されているのです。むしろ反対に、あの金はもっと受け取りやすいかたちで差し出されたものにちがいありません。なにより、当時の被告は、父親から三千ルーブルをもうじき受け取れると思っていました。これは軽率な思いこみではありますが、被告はまさに軽率な性格であるからこそ、父親はきっと支払ってくれる、そしてその金さえ受け取れば、カチェリーナから郵送するように頼まれた金はいつでも送ることができると固く信じていたのです。

検事は、被告がその日のうちに、受け取った金の半分を取り分け、守り袋に縫《ぬ》いこんだことを、どうしても認めようとされません。なるほど、被告の性格からすると、有り金すべてを使ってしまいそうです。しかし、どんなに強い欲求に押し流されそうになったときでも、もし別の面からも彼の心を打つものがあれば、踏みとどまることができるのです。その別の面とは、愛です。あのとき火薬のように燃えあがった愛情です。この愛には金が必要でした。そう、その愛する人との豪遊のために使うよりも、もっとはるかに必要だったのです。なぜなら、もし彼女が『あたしはあんたのものよ、フョードルなんかまっぴらだわ』と言ったなら、彼は彼女を連れて駆け落ちしなければなりません。駆け落ちには金がかかります。ミーチャがこのことを考えないわけがありません。

それどころか、彼が気をもんでいたのは、まさにこのことなのです。彼があの金を半分に分け、もしもの場合に備えて隠しておいたことに、なんの不思議があるでしょう？

ところが、いつまで経っても、父親のフョードルは三千ルーブルの金を支払ってくれません。それどころか、こともあろうに自分の愛する人を誘惑するのに、その金を使おうとしている、という噂《うわさ》まで耳に入ってきます。『もし親父が金をよこさないと、おれはカチェリーナに対して泥棒ということになってしまう』と彼は考えます。そしてこのとき、被告の頭に、守り袋に入れて持ち歩いている例の千五百ルーブルをカチェリーナに返しに行って、『おれは卑劣漢《ひれつかん》だが、泥棒じゃない』と言おう、という考えが生まれます。

したがって、被告があの千五百ルーブルを、それこそお守りのように大事にして、守り袋を破ったり、少しずつ使ったりしなかったのは、こういう二重の理由があったからです。

そしてこの二重の理由が、被告を苦しめたのです。『カチェリーナに返そう。でも、そうしたらグルーシェンカを連れ出す金はどうする？』被告があの一カ月間、まったく分別《ふんべつ》をなくして酒におぼれ、あちこちの飲屋で荒れ狂っていたのも、そのためです。

この二重の理由の葛藤《かっとう》は、ついに頂点に達し、被告を絶望に追いやることになります。

彼は自分の胸を、あの守り袋のぶら下がっている胸の上のほうをたたいて、弟に言います。自分には名誉を回復する方法があるのだが、自分がこの方法を使わないことが、もう今からわかっている。それだけの精神力と根性が欠けているのだ、と。

なぜ検事は、あれほど純粋に、誠意をもって、なんの作為もなく、真実そのものを語っていたアリョーシャの証言を信じようとされないのでしょうか？　なぜ、その代わりに、どこかの隙間の埋蔵金のことなどを信じこませようとされるのでしょうか？」

## 完璧な殺人計画書

「その晩、弟のアリョーシャと別れた後《あと》で、被告はあの宿命的な手紙を書きます。この手紙こそ、被告の犯行を裏づける、最も有力で、最も重大な証拠です！

『あらゆる人に頼んで金を手に入れる。もし借りられなかったら、親父《おやじ》のところへ行って、やつの頭をたたき割り、枕の下にある金を取ってくる』

まさしく殺人計画書です。どうして彼が犯人でないことがありえるでしょう。『まさにその計画通りの犯罪は実行されたのです』と検事は叫ばれました。

しかし、第一に、あの手紙は酔っ払って、ひどく興奮した状態で書かれたものです。

第二に、封筒については、スメルジャコフから聞いたことを、そのまま書いているだけです。なにしろ自分では封筒を見ていないのですから。

第三に、手紙が書かれたのは事実ですが、そこに書いてあるとおりに実行されたかどうかは証明されていません。封筒は本当に枕の下にあったのか、封筒の中に本当に金が入っていたのか、そもそも金は本当に存在したのか？

それに、被告がフョードルのところに駆けて行ったのは金を奪うためだったでしょうか。そこをよく思い出してください！　彼が急いで駆けつけたのは、金を奪《うば》うためではなく、グルーシェンカが来ているかどうか確かめるためだったのです。ですから、もう計画とはちがいます。強奪《ごうだつ》のために計画的に行ったのではなく、突然、思いがけなく、嫉妬にかられて走り出したのです！

『なるほどそうだ。でも、駆けつけてから、親父を殺し、金も奪ったのではないか？』と言われるかもしれません。

彼は殺したのでしょうか？　それとも殺していないのでしょうか？

強奪容疑については、私はこれをきっぱり否定します。金があったかどうかが確実ではないのに、それを盗んだ罪を問うことはできないからです。これは自明の理です。

では、殺人のほうは？　盗みはしなかったが、殺しはしたのでしょうか？　その点は立証されたのでしょうか？　これもまた空想ではないでしょうか？」

## 殺人もなかった

「陪審員のみなさん、くり返しますが、あのとき被告が駆け出したのは、グルーシェンカを探すため、彼女の居場所を突きとめるためでした。これは間違いのない事実です。もし彼女が自宅にいれば、彼はどこにも行かなかったでしょう。そのまま彼女のそばにいたでしょう。とすれば、手紙に書いたことも実行しなかったわけです。グルーシェンカが《昔の男》のところに出かけたのは、彼にとっては思いがけないことであり、そのせいで彼は駆け出したのです。

『でも、銅の杵《きね》をつかんで行ったではないか』と言われるでしょう。しかし、もしこの銅の杵が台所の目立つところに置かれていなくて、戸棚の中などにしまってあったらどうだったでしょう？　その場合は、被告は凶器など持たずに駆け出して行ったでしょう。ですから、銅の杵をつかんで行ったから計画殺人だ、ということにはなりません。

たしかに被告は、あちこちの飲屋で親父を殺してやるとわめき散らしていました。しかし、酒場から出て来た酔っぱらいが、『おまえなんか殺してやる』と怒鳴るのは、よくあることです。けれど、実際には決して殺したりはしません。

あの手紙にしても、同じことです。普通なら、誰でもそう考えるはずです。それなのに、なぜ、この手紙に限って、本気の計画書だと考えるのか？

それは、殺された父親の死体が発見されたからです。凶器を持って庭を走って行く被告を見た証人がいて、その証人が被告に殴《なぐ》り倒されたからです。そこで、これは計画どおりだということになり、したがって手紙も、たわごとではなく、計画書と見なされたのです。ありがたいことに、私の弁論もようやく、『庭にいたからには、殺したのだ』という点にたどりつきました。この『いたからには』によって、被告は起訴されたのです。

しかし、『いた』のは事実でも、『いたからには殺した』とどうして言えるでしょう？なぜ検事は、被告が父親の窓の下から逃げ出したという供述《きょうじゅつ》の真実性を、どうしても認めようとしないのでしょう？　グルーシェンカが父の家にいないことがわかると、彼はすぐにその場を去ったのです。

『しかし、ドアが開いていたのを、グリゴーリイが見ている。ドアが開いていたからには、被告は中に入ったのだし、入ったからには、殺したにちがいない』と言われるかもしれません。このドアのことですが、陪審員のみなさん、ご存じのとおり、このドアが開いていたと証言しているのはグリゴーリイだけですし、しかもそのとき彼は酔っていました。

でも、まあいいでしょう、ドアは開いていたとしましょう。被告は家の中に入ったとしましょう。しかし、『いたからには殺した』のでしょうか？

検事はモークロエでの被告の恐るべき状態を、ぞっとするほど雄弁に描写されました。愛する人と新しい生活が目の前に開けたのに、背後に父親の血まみれの死体があり、その死体の向こうには刑罰が待ちかまえているというのです。

検事はそのときの被告の心境を、お得意の心理学で、『死刑囚は処刑場に連れて行かれていく間、まだ時間がたっぷりあると思うものだ』などと説明されました。

しかし、もし本当に父親の血に染まっているとしたら、そんなふうに考えるものでしょうか？　被告はそれほど、がさつで、冷酷な人間でしょうか？

いいえ、決してそんなことはありません！　グルーシェンカが自分を愛していて、新しい幸福を約束してくれていることがわかったとき、もし父親の死体が背後に横たわっていたのなら、彼の自殺の衝動は二倍にも三倍にもなったでしょう。そして、本当に自殺したはずです。

彼が自殺しなかったのは、父親の血については潔白《けっぱく》だったからです。彼があの夜、モークロエで苦しみ、悲しんでいたのは、殴り倒したグリゴーリイのことで、なんとか命をとりとめてくれるよう、自分が殺人犯にならずにすむよう、神に祈っていたのです。

なぜこういう解釈をしてはいけないのでしょうか？　被告が嘘《うそ》をついているという、どんな証拠があるというのでしょうか？」

## 彼でなければ誰が殺したのか？

「『だが、現に父親の死体があるではないか』こう指摘されるかもしれません。被告は逃げ去り、父親を殺さなかった。それならば、いったい誰が殺したのか？検事の論告はまさにこの論理なのです。『被告ではないとしたら、誰が殺したのか？他に誰もいないではないか』というわけです。

陪審員のみなさん、はたしてそうでしょうか？　本当に誰もいないのでしょうか？あの夜、あの家にいたのは五人です。そのうちの三人が完全にシロであることは私も同意します。その三人とは、被害者自身と、グリゴーリイと、その妻のマルファです。残るのは被告とスメルジャコフです。検事はスメルジャコフではないと力説されました。そうすると、被告しか残りません。検事が被告を起訴されたのは、まさに他に罪を被《かぶ》せるべき人間がいないという理由からだけなのではないでしょうか？

本当にスメルジャコフではないのでしょうか？

なるほど、スメルジャコフの名をあげているのは、被告自身と、その二人の弟と、グルーシェンカだけです。しかし、いくつかの気になる事実があるのもたしかです。

第一に、惨劇の起こったまさにその日に、てんかんの発作を起こしているということ。

第二に、裁判前夜にスメルジャコフが自殺しているということ。

これらは奇妙な暗合ではないでしょうか？

さらに、本日この法廷で、被告の弟のイワンがスメルジャコフの名をあげました。

これまで兄の有罪を信じていたイワンが、突然、三千ルーブルの金を証拠として提出し、殺人犯はスメルジャコフだと断言したのです！

もちろん、イワンが病人であり、幻覚症であることはあきらかでしょう。自殺したスメルジャコフに罪を被せて、兄を救おうと、熱に浮かされて思いついたのかもしれません。

しかし、スメルジャコフについて、まだ何か言いつくされていないことがあるように、私には思えるのです。

私はスメルジャコフを訪ね、彼と会って話しました。私が受けた印象では、彼は肉体的には虚弱でしたが、精神的には決して虚弱ではありませんでした。純朴でも愚かでもなく、それどころか、徹底して人を疑い、さまざまなことを見抜ける知力を持ち、恐ろしいほど悪意に満ちて、野心は限りなく、復讐に燃え、ひどく嫉妬深い男だと確信しました。

私は彼についての情報も集めました。彼は自分の出生を恥じ、激しく憎悪していました。

育ててくれたグリゴーリイとマルファにも敬意を抱《いだ》いていませんでした。ロシアを呪《のろ》い、フランスに行くことを夢見ていました。そのための資金が足りないと、以前からよく嘆《なげ》いていたそうです。

彼は自分以外には誰も愛さず、奇妙なくらい高い自尊心を持っていました。彼の考える文明とは、立派な服であり、ぱりっとしたシャツであり、ぴかぴかに磨かれた靴でした。自分はフョードルの私生児だと思っていましたから――これは根拠のあることです――当然、ミーチャやイワンやアリョーシャの兄弟と比較して、自分の境遇を不満に思っていたでしょう。あの人たちには何でもあるのに、自分には何もない。あの人たちにはあらゆる権利と遺産があるのに、自分は召使《めしつかい》でしかない。

これは彼の言ったことですが、彼はフョードルといっしょに封筒に金を入れたのだそうです。これだけの金があれば、彼は新しい生活をはじめることができます。それなのにフョードルはそれを女のために使おうとしているのです。彼にしてみれば、いまいましいことだったでしょう。彼はこの三千ルーブルを、真新しい虹色の百ルーブル紙幣で見たのです。嫉妬心と自尊心の強い男には、決して大金を見せてはいけません。しかも、いちどにこれだけの大金を目にしたのは、彼には生まれて初めてのことだったのです。虹色の札束の印象が尾を引いて、彼の想像力に病的な影響を与えたかもしれません。

もし金が本当にあったとすると、それを主人が本当はどこに隠したかを知っていたのは、スメルジャコフただひとりだったのです。『でも、床に破り捨ててあった封筒は？』と言われるでしょう。先ほど検事は、この封筒について、床の上に封筒をほうり捨てていくのは、まさにミーチャのやりそうなことで、スメルジャコフなら決してそんな証拠を残しはしないと論じられました。

ところが、陪審員のみなさん、私はその意見を拝聴しながら、ふと、この話はたしかにどこかで聞いた覚えがあると感じたのです。まったく同じことを私は、ほかでもないスメルジャコフの口から聞かされているのです。

スメルジャコフはそのとき、愚かそうなふりをしながら、私が自分でそれを思いつくようにうまく誘導しているようでした。私はそのことに驚いたものです。彼は検事に対しても、同じようにほのめかしはしなかったでしょうか？

『でも、マルファは？　彼女はスメルジャコフが夜通しうめいていたのを聞いている』とおっしゃる方《かた》もおられるでしょう。そう、たしかに聞いていました。

しかし、私の知っているある婦人は、庭でひと晩中、犬が鳴いていたので、ろくに眠れなかったと苦情を言っていたのですが、ところが、後《あと》でわかったことなのですが、この犬は、その夜、三度鳴いただけだったのです。どういうことかというと、眠っている人が、ふいに鳴き声を聞いて目をさまし、起こされたことに腹を立てて、でもまたいつしか眠ってしまう。何時間かして、また鳴き声がして、ふたたび目をさまし、すぐまた寝入ってしまう。また何時間かして、鳴き声がする。合計三回です。しかし、翌朝その人は、犬が夜通し鳴いていたので、ろくに眠れなかったと苦情を言う。そう思うのが当然で、眠っていた何時間かのことは記憶になく、鳴き声で起こされたときのことだけをおぼえているので、ひと晩中、犬の鳴き声を聞かされていた気がするのです。

『しかし、犯人だったとしたら、なぜスメルジャコフは遺書の中で告白しなかったのか?』と疑問に思われるかもしれません。

罪を犯したことを後悔していたのなら、そうしたかもしれません。しかし、この自殺者にあったのは絶望だけでした。絶望と後悔はまったく異なるものです。絶望は、憎悪に充《み》ちた、誰をも許さないものとなることがあります。自殺者は、自分に手をかける瞬間、これまでずっとうらやんできた人々への憎しみを、二倍にも三倍にもしていたかもしれないのです。

陪審員のみなさん、裁判の誤りに気をつけてください! 私が今、申し述べ、描き出した仮定の中に、たとえ可能性の影でも、真実らしさの影でも存在するならば、判決を思いとどまってください。

私が何よりも憤《いきどお》りを覚えるのは、起訴理由として被告の前に積みあげられた証拠の中に、反論の余地のないものが、ひとつとしてないということです。そんな証拠が、ただたくさんあるというだけのことで、被告は破滅させられようとしているのです。

たしかに、証拠の山というのは恐ろしいものです。あの血、指から滴《したた》り落ちるあの血、血まみれのシャツ、《父親殺し！》の悲鳴が響いたあの夜の闇《やみ》、頭を打ち割られて倒れる老人、そしてさらに、たくさんの証言、身ぶり、叫び――これらが大きな影響力となって、人に誤った判断をさせるのです。

陪審員のみなさん、あなたたちには人の生き死にを左右する権限が与えられていることを思い出してください。力が大きいほど、それを用いるのは恐ろしいことです。

おそらくこれから、みなさんの理性と感情が大きな葛藤《かっとう》を起こすことでしょう。しかし、みなさん、最後まで、お互いに、誠実であろうではありませんか！」

拍手がわき起こり、弁護人はいったん話を中断した。最後の言葉は、実際にとても誠実な感情をこめて語られたので、弁護人はこれから何かいちばん大切なことを言おうとしているのだと、誰もが感じた。

裁判長が拍手をやめるよう警告し、法廷は静まり返り、フェチュコーヴィチは、それまでとはまったくちがう、しみじみした調子で話しはじめた。

## ある種の父親は災難のようなもの

「陪審員のみなさん、私の依頼人を滅ぼそうとしているのは、たんに証拠の山だけではありません。本当はたったひとつの事実、すなわち、老いた父親の死体なのです！

これが一般的な殺人であれば、証拠の貧弱さ、根拠のなさ、空想性から、起訴は取り下げられるでしょう。

しかし、今回の事件は《父親殺し》です！ このことが強い印象を与え、とるにたらない証拠までもが、意味ありげに感じられてしまうのです。まったく先入観を持たない人でさえ、影響を受けてしまうのです。このような被告をどうして無実にできよう？ 父親を殺しておいて、罰を受けずにすんでいいはずがない……誰もが心の中でそう思っているのです。それも、ほとんど無意識に、本能的に。

たしかに、父親の血を流すのは恐ろしいことです。しかし、陪審員のみなさん、父親とは、真の父親とはどういうものでしょうか？ 私は今、《真の父親》という言い方をしました。今回の事件の父親、フョードル・カラマーゾフは、そういう父親像とはまるでかけ離れています。

ある種の父親は災難のようなものです。

なるほどミーチャは野蛮で、乱暴です。そのために彼は今、裁きを受けています。しかし、彼はなぜ抑《おさ》えのきかない人間になってしまったのでしょう。彼はすぐれた資質も持っていますし、高潔な、感じやすい、やさしい心も持っています。しかし、ひどい育てられ方をしました。その責任は誰にあるのでしょうか？　幼い頃、わずかでも彼を愛した者があったでしょうか？　もしかすると彼も、ずっと離ればなれだった父親に会うことを楽しみにしていたかもしれません。ところが、彼を迎えたのは、ただもう皮肉な嘲笑であり、猜疑心《さいぎしん》であり、金銭上のいさかいをめぐる卑劣《ひれつ》な小細工であったのです。しかも、息子から搾取《さくしゅ》した金で、息子の恋人を横取りしようとする父親の姿であったのです。陪審員のみなさん、これはあまりにもいまわしい、残酷な話ではありませんか！

殺されたカラマーゾフ老人のような父親は、父親と呼ぶに値しません。父親とは言えない父親への愛情など、無意味ですし、不可能です。無から愛を生み出すことはできません。《父よ、なんじの子を悲しませることなかれ》です。そうでなければ、私たちは父親ではなく、子供たちの敵であり、子供たちもまた私たちの敵となるでしょう。

『どんなに子供にひどいことをする父親でも、父親にはちがいない』という考え方もあるでしょう。しかしこれはもう、神秘主義というか、信仰の世界であり、理性ではとうてい受け入れられません。むしろ反対に、このように、ずばり言おうではありませんか。子供を作っただけでは父親ではない。父たるにふさわしいことをした者が父親である」

法廷内のあちこちから熱い拍手が起こりかけたが、フェチュコーヴィチはそれを手で制して、最後まで言わせてほしいという身ぶりをした。法廷内はたちまち静かになった。

「陪審員のみなさん、このような問題は、子供たちが成長して、青年となって判断力を身につけはじめれば、もう無関係でしょうか？　いいえ、そんなことはありません。父と呼ぶに値しない父親の姿は、とくに他のちゃんとした父親たちを目にしたとき、青年の心にやりきれない疑問を呼び起こします。『あの人はおまえの親だ。血がつながっているのだ。だから、おまえはあの人を愛さなくてはいけない』青年は思わず考え込んでしまいます。『だが、おれの父が、一度もおれを愛してくれなかったとしたら、どうしておれが親父を愛さなくてはならないんだ？』

子供を父親の前に立たせて、冷静にこう質問させるのです。『お父さん、教えてください。どうして私はあなたを愛さなければならないのでしょうか？　お父さん、証明してください、あなたを愛さなければならないということを』もし父親が証明できなければ、それでお終《しま》いです。彼は子供にとってもはや父親ではなく、子供はそれ以後、自分の父親を他人とみなし、さらには敵とみなすこともできる、自由と権利を獲得します」

熱狂的な拍手が起きて、今度は抑《おさ》えようもないほどだった。全員が拍手をしたわけではなかったが、傍聴者の半数はたしかに拍手をしていた。父親であり、母親である人たちも拍手した。裁判長が激しく鈴を鳴らし、静粛を求めた。

フェチュコーヴィチ自身も気持ちを高ぶらせて、さらに弁論をつづけた。

「もし銅の杵《きね》を手に握っていなかったら、かえって彼は、父親を殴《なぐ》りとばしたかもしれません。そのせいで老人が死ぬようなことがあったかもしれません。しかし、このような殺人は殺人ではありません。まして親殺しではありません。いえ、このような父親を殺したからといって、それは親殺しと呼ばれるべきではないのです！　しかも、そんな殺人はなかったのです！」

## 滅びた人間の救済

「陪審員のみなさん、もし私たちが今、彼を有罪にすれば、彼はこうつぶやくことでしょう。『あの連中は、おれが子供の頃、何もしてくれなかった。もっとましな人間になるための手助けを何もしてくれなかった。そして今、おれを懲役に送ることにしたんだ。いいだろう。よくわかった。あの連中がおれを憎むなら、おれもあの連中を憎んでやる』

陪審員のみなさん、これでは、彼の内にまだ残っている可能性を滅ぼしてしまうことになります。彼は今後、生涯にわたって、悪意に満ちた存在となってしまうのです。

しかし、みなさんが彼を罰しようとなさるのは、彼の魂を救い、更生させたいからではないでしょうか？　だったら、みなさんの慈悲の心で彼を圧倒してください。そのときこそ、みなさんは彼の魂がふるえおののくのを目にすることができます。『おれはこの慈悲に耐えられるだろうか？　これほどの愛に応えられるだろうか？　おれはそれに値するだろうか？』と叫ぶのを耳にされるでしょう！

全世界を敵視しているような魂でも、愛情にふれれば、自分の悪行を後悔するようになるものです。善の芽は必ずあるのです。その魂は、人間がいかに美しく、清らかなものであるかに気づくでしょう。そして、涙しながら叫ぶのです。『世の中の人たちは、おれを破滅させずに、救おうとしてくれたではないか！』と。

みなさんは今、この慈悲の行為を簡単に実行できる立場におられます。

ほんのわずかでも真実らしい証拠がまったく存在していないのに、『有罪です』と答えるのは、みなさんにとって、あまりにもつらいことです。《罪なき一人を罰するより、罪ある十人を許すほうがよい》……みなさんには、わが国の栄光ある長い歴史から響いてくる、この偉大な言葉が聞こえるでしょうか？

私などが今さら言うまでもなく、裁判とは、罰するためだけのものではなく、破滅した人間を救済するためのものでもあります！　被告の運命はあなた方《がた》が握っています。わが国の真実の行方《ゆくえ》もです。あなた方がそれを救い、正すのです。真実は素晴らしい人たちによって守られていることを、あなた方が証明してください！」

こう言ってフェチュコーヴィチは弁論を終えた。

傍聴人たちの嵐のような熱狂はとどまるところを知らなかった。女性たちは泣いていた。男性の多くも泣いていた。二人の高官までが涙を流していた。裁判長も、鈴を鳴らすのをためらったほどだった。弁護人自身も、心から感動していた。

## 裁きの時

ついに陪審員一同が、別室で協議を行なうために立ちあがった。

休廷が告げられた。長い一日が過ぎ、もう夜中の一時近かった。しかし、帰ろうとする者はなかった。誰もが気を高ぶらせ、張りつめた気持ちになっていた。休息どころではなかった。一同は、胸が苦しくなるような思いで待っていた。

無罪になると思っている者が多かった。喜んでいる者もいれば、眉《まゆ》をひそめる者もいた。

中には、無罪になるのが残念で、がっかりしている者までいた。

弁護人のフェチュコーヴィチは「もうこっちのもんです、ご安心ください」と成功を確信していた。彼は人々に取り巻かれ、祝いの言葉を浴びていた。

鈴の音が響いた。陪審員の協議の時間はきっちり一時間だった。傍聴人たちはふたたび席につくと、身じろぎもせずに成り行きを見守った。

裁判長の最初の、最も重要な質問、「強奪《ごうだつ》が目的で計画的に殺害したのであるか？」に、法廷内はしんと静まり返った。

主席陪審員である、いちばん年の若い役人が、はっきりと大声で言った。

「はい、有罪です！」

それにつづくすべての条項についても、「はい、有罪です」という答えがくり返され、情状酌量《じようじようしやくりよう》はまったくなかった。これは誰にとっても意外なことだった。少なくとも情状酌量だけは、誰もが確信していた。

法廷内に死のような静寂が立ち込めた。有罪を望んでいた者も、無罪を望んでいた者も、誰もが石と化してしまったようだった。

しかし、それもほんの一瞬のことだった。やがて大変な混乱がもちあがった。傍聴人の中には、満足そうな者もいれば、不満そうな者もいたし、納得がいかない顔をしている者もいた。「いったいなんてこと！」と法廷中に響く声で嘆《なげ》く婦人もいた。

突然、ミーチャが立ちあがって、両手を前に差しのべながら、胸の張り裂けるような声で叫んだ。「神にかけて誓います、父の血については無実です！　カチェリーナ、きみを許すよ！　兄弟よ、友よ、グルーシェンカをあわれんでやってくれ！」

最後まで言い終わらないうちに、彼はわっと泣き出した。その泣き声は、まるで別人のようで、彼のどこから出てくるのかわからないような、新しい声だった。

傍聴席の最上段の最後列から、胸が痛むような女性の嗚咽《おえつ》が聞こえてきた。それはグルーシェンカだった。誰かに頼み込んで、まだ弁論がはじまる前に、また法廷に入れてもらっていたのだ。

ミーチャが法廷から連れ出された。

法廷中は大混乱で、傍聴人たちは興奮して大声で語り合っていた。

「二十年は鉱山のにおいを嗅《か》ぐことになるな」

「最低でもな」

「ミーチャを片づけちまったってわけだ！」

# エピローグ

近いうちに、ぼくはこの町を出て行きます。
たぶん、とても長い間になるでしょう……

アリョーシャは病院へと急いだ。判決の二日後、ミーチャは神経性の高熱を出し、町の病院の囚人病棟に入院していたのである。

病室に入ってきたアリョーシャに、ミーチャはぼんやりした目を向けたが、たちまち不安そうな目つきになった。カチェリーナの返事が気がかりだったのだ。アリョーシャは彼女のところに行って、「ミーチャ兄さんに会いに来てほしい」と頼んだところだった。それはミーチャの心からの願いだった。アリョーシャには兄の気持ちがよく理解できた。

「トリフォンのやつがさ」とミーチャはわざと別の話をはじめた。「あのモークロエの宿屋の亭主だよ。あいつが、あの宿屋をすっかりぶち壊してしまったそうだよ。床板をはがしたり、羽目板をはがしたり、大騒ぎだったらしい。宝探しをしているんだよ。例の千五百ルーブルを、おれがあそこに隠したなんて検事が言うから、それで村へ帰るなり、血まなこになって探しはじめたというわけさ」

「兄さん」とアリョーシャが言った。「カチェリーナは来てくれますよ、ただいつになるかはわかりません。今日かもしれないし、二、三日先になるかもしれません」

ミーチャはびくりとふるえ、何か言おうとしかけたが、やめた。カチェリーナが何と言ったのか、くわしいことを聞きたくてたまらないのだが、今すぐにたずねるのが怖ろしいらしい。もしカチェリーナが何か冷酷な、あざけるようなことを言ったとしたら、それは今の彼にとって、ナイフでぐさりとひと突きされるようなものだった。

「あの人はこんなことも言いましたよ。脱走のことは安心してほしいと。もしそのときまでにイワン兄さんが全快しなかったら、あの人が自分でこの計画を引き受けるそうです」

イワンはあれから意識不明のまま寝込んでいた。カチェリーナは、イワンを自分の家に移し、ずっと看病をしているのだった。社交界でかげ口をたたかれ、非難されることは覚悟の上だった。

「グルーシェンカに昨日、脱走のことでカチェリーナが動いてくれているって話したら、黙り込んで、唇をゆがめていたよ。『勝手にやらせとけばいい!』とひと言だけつぶやいて。カチェリーナが愛してるのが、おれじゃなくってイワンだってことくらい、もうわかってるだろうにな?」

「そうでしょうか?」アリョーシャは思わず口走った。

「そうじゃないかもしれないな」とミーチャは言った。「イワンはきっと全快するよ」

「カチェリーナもそう信じきっています。でも、そのくせ心配でならないようなんです」

「それは、死ぬと思い込んでるんだよ。それが怖ろしくて、全快すると信じているんだ」

沈黙が流れた。

「シベリアへ流刑懲役二十年だからなあ! ここでもう、きさま呼ばわりがはじまったよ。

守衛がおれをきさま呼ばわりするんだ。おれはゆうべ横になって、ひと晩中、反省していたよ。『おまえはまだ覚悟が足りないぞ！』って。十字架を背負うつもりになっていたおれが、守衛にきさま呼ばわりされるのにも耐えられないんだからなあ！」

アリョーシャは静かに微笑《ほほえ》んだ。

「ぼくが嘘《うそ》をつかないことは、兄さんもわかっていますよね。だから言います。よく聞いてくださいね。もし兄さんがお父さんを殺したんだったら、兄さんが自分の十字架を拒《こば》むのを、ぼくは残念に思ったでしょう。でも、兄さんは無実なんだから、そんな十字架は兄さんにはふさわしくないんです。もし兄さんの脱走で、将校とか兵卒とか、ほかの人が責任を取らされるようなら、ぼくは脱走に賛成できなかったでしょうけど、うまくやりさえすれば、そういう心配もなさそうです」

「おれは脱走する！」ミーチャは叫んだ。「そのかわり、自分で自分を裁《さば》いて、今後は一生、罪の許しを永遠に祈りつづけるよ！」

「そうですね」アリョーシャはまた静かに微笑んだ。

ミーチャはちょっと黙りこみ、ふいにまたこう言った。「裁判じゃ、まんまと一杯くわされたな。見事などんでん返しだ！」

「どんでん返しがなくても、どっちみち有罪でしたよ」アリョーシャはため息をついた。

二人はまたしばらく黙った。

「アリョーシャ、ひと思いにばっさりやってくれ！」ミーチャが急に叫んだ。「教えてくれ！　カチェリーナはどう言ったんだ？　何て言ったんだ？」

「あっ、あの人です！」とアリョーシャが叫んだ。

ちょうどこの瞬間、カチェリーナが戸口に姿を現わした。

ミーチャは、はじかれたように立ちあがった。おびえたような表情になり、さっと青ざめた。しかし、すぐにまた、哀願するような微笑をおずおずと浮かべた。そして突然、もうこらえきれぬように、カチェリーナのほうに両手を差しのべた。

それを見るなり、彼女は迷わず彼のほうへ駆け寄った。彼の両手をしっかりと握りしめ、ベッドにすわらせ、自分も並んで腰をおろした。その手が少しふるえていた。二人とも、何か言おうとしては、そのたびに思いとどまり、無言のまま、奇妙な微笑を浮かべて、金《かな》縛《しば》りにでもあったようにお互いに見つめ合っていた。そのまま数分が過ぎた。

「許してくれたのかい？」やっとミーチャはこうつぶやいた。そして、アリョーシャをふりかえって、喜びのために泣かんばかりの顔で、こう叫んだ。「聞いたかい？　おれが何をたずねているか、聞いたかい？」

「あなたは心の大きな人よ。だから、あなたを愛していたの！」カチェリーナは思わずそう口走った。「許してもらわなければならないのは、わたしのほうよ。でも、許してもらえてても、もらえなくても、これから一生、わたしの心にはあなたが傷跡《きずあと》として残るでしょう。そして、あなたの心にはわたしが……。それでいいのよ」

彼女は言葉を切って、息をついた。「わたしが来たのは何のためだと思う？　あなたの手を、ほら、こんなふうに、痛いくらい、ぎゅっと握りしめるためよ。そしてもう一度、あなたに言いたかったの。あなたはわたしの喜びです、どうにかなってしまいそうなほどあなたを愛しています、って」彼女は苦しみにうめくような声で言うと、突然、彼の手に唇《くちびる》を押し当てた。むさぼるような激しさで、目からは涙があふれた。

アリョーシャは無言のまま立ちつくしていた。まったく予想もしない展開だった。

「愛は終わったのよ、ミーチャ！」カチェリーナがふたたび口を開いた。「でもわたしには、過ぎ去ってしまったものが、痛いくらい大切なの。そのことをいつまでも忘れないでね。そして、今だけは、ほんの束《つか》の間でもいいから、そうなるはずだったことを実現させましょう」泣き出しそうな笑顔で、彼の目を嬉しそうに見つめて、甘えるように言った。「今ではもう、あなたは別の女の人を愛しているし、わたしも別の人を愛している。でも、それでもやっぱり、わたしはあなたを愛しつづけるのよ。そして、あなたもそう。わかる？あなたはわたしを愛すのよ、一生、愛しつづけるのよ！」彼女のふるえる声は、まるで脅《おど》してでもいるようだった。

「愛しつづけるよ……それに、カチェリーナ」ひと言ごとに息をつぎながら、ミーチャも話し出した。「いいかい、五日前の裁判の晩、おれはきみを愛していた……きみが倒れて、運び出されたとき。……一生、愛するとも！　そうなるとも、永久にそうなるとも……」

こんなふうに二人とも、うわごとのような、ほとんど意味のない、ことによると嘘《うそ》かもしれないことを、ささやき合っていた。しかし、この瞬間には、すべてが真実であり、二人は自分たちの言葉を心から信じていた。

「カチェリーナ」ふいにミーチャが声をあげた。「きみは本当におれが殺したと思っているのかい？　あのとき……証言したときは……本当にそう思っていたの？」

「そんなこと一度も思ったことはないわ！　あのときは、あなたが憎くなって、あの一瞬だけ、自分に無理にそう信じ込ませたの。……証言が終ったとたん、また信じられなくなったけれど」そう言うと、これまで愛をささやいたときとは、まるでちがう表情になった。「ああ、忘れていたわ、わたし、自分を罰するためにここへ来たのに！」

「きみもつらいんだな！」抑《おさ》えきれないように、こんな言葉がミーチャの口から漏《も》れた。

「もう帰らせて」彼女はささやいた。「また来るわ、今は苦しくて……」

彼女は立ち上がりかけたが、ふいに悲鳴をあげて、あとずさった。部屋の中へ、突然、まったく音も立てずに、グルーシェンカが入って来たのだ。それは、誰にとっても思いがけないことだった。

カチェリーナはさっと戸口のほうに向かったが、グルーシェンカとすれちがうときに、ぴたりと足をとめた。顔がみるみる青ざめた。彼女はグルーシェンカに、ささやくような小さな声で、うめくように言った。

「わたしを許してください！」

グルーシェンカはじっと彼女の顔を見つめ、一瞬、間をおいてから、敵意のこもった毒のある声で答えた。「お互い、憎しみ合っている仲でしょ。あんたも、あたしも、憎しみに燃えているのよ！　今さら何を許し合うっていうの？　でも、この人を救ってくれたら、一生あんたのことを神さまに祈ってあげる」

「許そうとしないのか！」ミーチャが激しく非難するように怒鳴りつけた。

「安心して、この人はあなたのために救ってあげるから！」カチェリーナは早口にこうささやくと、部屋から走り出て行った。

「よく許さないでいられるな！　あっちが先に『許してくれ』って言ったのに」ミーチャがまた苦しげに叫んだ。

「兄さん、この人を責めちゃいけない、そんな資格はありません！」アリョーシャが叫んだ。

「プライドが高いから言ったのよ。心から言ったんじゃないわ」グルーシェンカは吐き捨てるように言った。「あんたを救い出してくれたら、なんでも許してやるわ……」

彼女は胸の内で何かをぐっとこらえるように、口を閉ざした。彼女もまた動揺していたのだ。後《あと》でわかったことだが、彼女がこのときやってきたのは、まったくの偶然だった。まさかこんな光景に出くわすとは思ってもみなかったのだ。

「アリョーシャ、カチェリーナを追いかけてくれ！」ミーチャがさっと弟をふりかえった。「あの人に言うんだ……どう言えばいいかわからないけど……とにかく、このまま帰しちゃいけない！」

「夜までに、また来ます！」アリョーシャはそう言い残すと、カチェリーナのあとを追って駆け出した。

追いついたのは、もう病院の塀《へい》の外だった。彼女は足早にどんどん歩いていたが、アリョーシャが追いついたとたん、早口に言った。

「だめです、あの女の前では自分を罰するなんて、わたしにはできません！　わたしが『許して』と言ったのは、自分をとことんまで罰するためでした。でも、あの女は許そうとはしなかった……だから、わたしはあの女が好きなのよ！」

どこかゆがんだような声でそう言い添《そ》えた。その目が激しい憎悪にきらりと輝いた。

「ねえ、今はわたしをひとりにしておいてください、お願いですから……」

アリョーシャは立ち去ろうとしたが、ふとふりかえって、心に決めていたことを告げた。

「ぼくはもう少しだけ、二人の兄のそばにいるつもりです。ひとりは流刑地に行きますし、もうひとりは死の床についています。でも、近いうちに、ぼくはこの町を出て行きます。たぶん、とても長い間になるでしょう……」

――一八八〇年十一月、『カラマーゾフの兄弟』完成。

翌一八八一年二月九日、ドストエフスキー、永眠。

# あとがき　『カラマーゾフの兄弟』というエベレストを高尾山に

## 三千ページ以上を二二二ページに

ドストエフスキーの『カラマーゾフの兄弟』は、三千ページ以上の大長編です。

それを今回、二二二ページにまで縮《ちぢ》めました。

改行は逆に増やしてあります。

章のタイトルや小見出しは変えてあります（オリジナルそのままのところもあります）。

「はじめに」でも書きましたように、ミステリー部分だけを取り出して、なるべく読みやすく、一冊にまとめました。

そういうことをしても、ちゃんとドストエフスキーらしさが濃厚にあり、ミステリーとして、文学として、一冊の本として成り立っていることに、きっと驚かれたことと思います。

まさにドストエフスキーならではの、おそるべき力です。切ろうが突こうが、びくともしないところがあります。
いきなり父親殺しのシーンから始まりますが、後でだんだん事情がわかってきます。

## 次はぜひ『カラマーゾフの兄弟』全編を

この本を読み終えてくださったら、次はぜひ『カラマーゾフの兄弟』の全編に挑戦してみていただきたいと思います。

読みにくいと言われている『カラマーゾフの兄弟』ですが、この本を読んだ後なら、ずいぶん読みやすくなっていることに気づかれるはずです。

そして、この本ではカットされていたエピソードの面白さも、余裕《よゆう》をもって堪能《たんのう》できるはずです。

たとえば、芥川龍之介の「蜘蛛の糸」とそっくりな話も出てきます（「一本の葱《ねぎ》」という話です）。

私は「不思議な客」というエピソードが強烈に印象に残って、それだけを独立した短編として、『トラウマ文学館――ひどすぎるけど無視できない12の物語』（ちくま文庫）というアンソロジー（ひとつのテーマにもとづいて、複数の作家の作品を集めた本）に収録しました。

この本ではカットしているエピソードです。

そのように、『カラマーゾフの兄弟』は、ミステリー部分だけを取り出すこともできれば、ひとつひとつのエピソードを短編のようにして読むこともできます。じつにさまざまな楽しみ方のできる作品です。

見事な鯛は、お刺身にして食べることもできれば、焼いても煮てもうまいし、お吸い物にすれば上品で、いささか下品でも骨湯《こつゆ》にして骨まで味わうことができます。素晴らしい大長編も、またそうしたものでしょう。

## 『カラマーゾフの兄弟』翻訳リスト

では、全編を読むときには、どの本で読めばいいかというと、ありがたいことに、『カラマーゾフの兄弟』にはたくさんの翻訳が出ています。

今回、この本を編訳するにあたって参考にさせていただいたのは、次の翻訳です。こうした先達《せんだつ》がいてくださらなければ、途中で道に迷っていたことと思います。尊敬と感謝を込めてご紹介させていただきます。

（ここにあげた他にも、『カラマーゾフの兄弟』には、池田健太郎、箕浦達二、原久一郎、三浦関造、森

田草平による翻訳があるようです）

○広津和郎・訳『ドストイエフスキー全集　第七巻・第八巻　カラマゾフ家の兄弟』ドストイエフスキー全集刊行会　春秋社　一九二〇～一九二一年

○中山省三郎・訳『ドストイエフスキイ全集　第十六巻・第十七巻　カラマゾフの兄弟』三笠書房　一九三五年

○小沼文彦・訳『ドストエフスキー全集　第十巻・第十一巻　カラマーゾフ兄弟』筑摩書房　一九六三年

○米川正夫・訳『愛蔵決定版　ドストエーフスキイ全集　第十二巻・第十三巻　カラマーゾフの兄弟』河出書房新社　一九六九年

○原卓也・訳『カラマーゾフの兄弟』上・中・下巻　新潮文庫　一九七一年

○北垣信行・訳『カラマーゾフ兄弟』全三巻　講談社文庫　一九七二年

○江川卓・訳『愛蔵版　世界文学全集　第十九巻　カラマーゾフの兄弟』集英社　一九七五年

○亀山郁夫・訳『カラマーゾフの兄弟』全五巻　光文社古典新訳文庫　二〇〇六～二〇〇七年

（これらのうち、入手しやすいのは、原卓也・訳の新潮文庫と、亀山郁夫・訳の光文社古典新訳文庫と、米川正夫・訳の岩波文庫です。中山省三郎・訳と北垣信行・訳は、電子書籍で入手できます。また、中山省三郎・訳は青空文庫で、角川文庫版全三巻の第一巻分のみ読むことができます。その他は、古書でということになります）

この中でどれがいちばんいいかと言うと、それはもうそれぞれの方《かた》の好みということになります。

これはごまかしてそう言っているわけではなく、これらの翻訳を読んでみての実感です。翻訳というのは、音楽で言うと、カバー曲のようなものです。どのカバー曲がいいか、どの歌声や演奏がいいかは、好みの分かれるところです。

ただ、どれを選んだにしても、ドストエフスキーのよさは、しっかり味わうことができます。

このことについては、作家の安部公房《あべこうぼう》がこういうふうに語っているのが、まったくその通りだと思います。

「ドストエフスキーは日本の現代文学に非常に影響が強い。翻訳も数多く出ている。日本にとって、代表的な外国作家だからね。しかし、翻訳を比べてみるとすごく違うんだ。ディテールなんか、ニュアンスが相当に違う。けれども、どちらもたしかにドストエフスキーなんだな」（新潮社『安部公房全集23』）

「ドストエフスキーの作品が何人かの違った翻訳者の名前で出る。それを読むとディテールがたしかに違うけど、受ける本質的なものはほとんど変らないですね」（『安部公房全集22』）

## 悩んだときには、ドストエフスキーを

とくにおすすめしたいのは、何かでひどく悩んだり苦しんだりしたときに、ドストエフスキーを読むということです。

何度も挫折していた『カラマーゾフの兄弟』を、私が初めて読むことができたのも、難病になって入院したときでした。

そのときは、読みにくいどころか、ほとんどしがみつくようにして読みました。暗く落ち込んだ状態のときには、まさに命綱《いのちづな》のような小説でした。

私がそうやって夢中になって読んでいるので、六人部屋の他の患者さんたちも気になってきて、試しに私から借りて読んでみて、次々に『カラマーゾフの兄弟』のとりこになりました。「おれはビジネス書しか読まないよ。それも見開きにひとつはイラストがないと」

と言っていたおじさんまでも。

六人部屋の全員がドストエフスキーを読んでいたときもあり、入ってきた看護師さんが驚いたものです。

なぜみんながそんなに夢中になったかと言うと、みんな悩んでいたからです。病気になり、病状のことはもちろん、仕事のこと、お金のこと、家族のこと、将来のこと、生き死にのこと、いろんな悩みが頭の中をぐるぐるしています。そういうときには、ドストエフスキーが本当にいいのです。くどくどした文章も、逆に心地いいほどです。

元気なときには、この本でミステリー・カット版を楽しんでおいて、なにかつらい出来事があって、悩んで苦しくて仕方ないときには、ぜひ『カラマーゾフの兄弟』の全編を読んでみていただきたいと思います。

## 翻訳だけでなく翻案も

突然ですが、かつて「翻案《ほんあん》小説」というジャンルがあったのをご存じでしょうか？

「翻訳」は、海外の原作の文章をそのまま忠実に訳すことです。

それに対して「翻案」というのは、海外の原作を日本人向けに書き直すことを言います。

登場人物を日本人にして、場所も日本にして、ストーリーも少し変える場合があり、書き直しているので、文章も原作とはちがいます（どこまで変えてあるかは、作品によって異なります）。

『噫無情《ああむじょう》』『巌窟王《がんくつおう》』『鉄仮面《てつかめん》』などのタイトルをどこかでお聞きになったことはないでしょうか？

いずれも、黒岩涙香《くろいわるいこう》という作家による翻案小説です。

『噫無情《ああむじょう》』の原作は、ヴィクトル・ユーゴーの『レ・ミゼラブル』。

『巌窟王《がんくつおう》』の原作は、アレクサンドル・デュマの『モンテ・クリスト伯』。

『レ・ミゼラブル』や『モンテ・クリスト伯』なら、知っている人も多いでしょう。

でも、もし『噫無情《ああむじょう》』や『巌窟王《がんくつおう》』がなければ、日本でこれほど『レ・ミゼラブル』や『モンテ・クリスト伯』が知られていたかどうか。

日本人は、まず『噫無情《ああむじょう》』や『巌窟王《がんくつおう》』で、その面白さを知り、それから原作の『レ・ミゼラブル』や『モンテ・クリスト伯』を読むようになったのです。

それでなければ、『レ・ミゼラブル』はぶ厚いですし、『モンテ・クリスト伯』などは文庫で七巻もあります。いったいどれほどの人が読んだことか。

『鉄仮面《てつかめん》』の原作は、フォルチュネ・デュ・ボアゴベイの『サンマール氏の二羽の鶫《つぐみ》』。

海外でもほとんど忘れられた小説だそうです。

でも、『鉄仮面《てつかめん》』という翻案のおかげで、日本ではとても人気がありました。

翻案には、そういう力があります。

## 原文忠実という正論

その後、日本人は、日本人向けに書き直された「翻案」ではなく、原作の「翻訳」を読むようになっていきます。

それはもちろん、進歩でもあります。

原文に忠実な翻訳を読んだほうがいいというのは、たしかに正論です。

しかしそれは、『巌窟王《がんくつおう》』なしに、いきなり『モンテ・クリスト伯』全七巻を渡されるということです。

まだ高尾山に登ったこともないのに、富士山に登れと言われるようなものです。

最近は海外文学を読む人が減ってきていると言われますが、その原因のひとつは、ここにあるのではないかと私は思っています。

かつてのように、また「翻案小説」が出てきてくれたら、楽しいのではないか、いろんな海外文学への入口になるのではないかと思うのです。

### 翻案小説を復活させませんか?

『カラマーゾフの兄弟』は、小説界のエベレストのようなものです。

いきなり登るのは、どうしたって難しいです。

そこで私としては、まず高尾山をおすすめしたつもりです。

この本は「翻案小説」ではありません。大幅なカットはしていますが、舞台を日本にしたりはしていませんし、ストーリーを変えたりもしていませんし、短くはしてもドストエフスキーの文章です(私が少し足した説明文以外は)。

ですから、大胆な抄訳で意訳というレベルです。

しかし、本当は、もっと翻案していいのではないかとも思っています。

たとえば、ドストエフスキー好きで有名な、村上春樹さんや伊坂幸太郎さんが、ドストエフスキーの小説の翻案を出したら、面白そうだと思いませんか?

名曲なら、いろんな人が、自分なりのカバー曲を出します。

小説にもそういうことがあって、どうしていけないでしょう?

映画化や漫画化のときには、かなり内容を変えたりします。小説から小説でも、そういうことがあって、どうしていけないでしょう？

海外小説をもとに、黒岩涙香が『幽霊塔』という翻案小説を書き、それをさらに江戸川乱歩がリライトし、その乱歩版の『幽霊塔』に影響を受けて宮崎駿が『ルパン三世 カリオストロの城』を作ったという、素晴らしい事例もあります。

翻案小説を復活させませんか？

ということも、この本を通じて、私が呼びかけたかったことです。

## 父親が殺され、病気が始まる

※ここからは、ネタバレになる記述が出てきますので、できましたら、先に本編をお読みください。

ドストエフスキーと話をしていた女性が、その顔をしみじみ見て、「あなたのお顔を見ていると、病院とか監獄を思い出しますわ」と言ったそうです。

なんとも失礼な話ですが、じつはすごく鋭い洞察力《どうさつりょく》です。

ドストエフスキーは、その両方に関係があります。

てんかんの持病があり、シベリアの監獄に四年間も入っていました。

この小説の登場人物のスメルジャコフには、てんかんの持病がありますが、ドストエフスキーもそうなのです。

そのてんかんの持病は、父親が殺されたときのショックで始まったとも言われます。ドストエフスキーの父親は、この小説の登場人物のフョードルと同じく地主だったのですが、農民に対してむごい仕打ちをしていたので、恨まれて、農民たちに殺されてしまったのです（犯人はわからないままですが）。

その殺された場所が、この小説にも出てくるチェルマーシニャ村の外れなのです。ドストエフスキーが十七歳のときです。ペテルブルグにある陸軍中央工兵学校に入学して二年目の夏でした。

## 死刑宣告とシベリアへの流刑

てんかんの発作がさらに激しくなったのは、ドストエフスキー自身が、銃殺刑に処せられそうになったときです。

ドストエフスキーは、二十三歳のときの処女作『貧しき人びと』が絶賛され、一夜にして有名作家となります。夢のようなデビューでした。

ところが、その後の作品は酷評され、どんどん評価が下がっていきます。『貧しき人びと』を絶賛してくれた有名な批評家にも、「こんな平凡な才能を天才と呼んだのは、間違いであったかもしれない」とまで言われてしまいます。この時期も、てんかんの発作が何度も起きています。

そんな中、ドストエフスキーは政治的な集会に顔を出すようになり、他の人たちといっしょに逮捕されてしまいます。そして、銃殺刑を宣告されます。

この本の中に、「囚人馬車に乗せられて、処刑場への行進」をするときの死刑囚の心境について語られるシーンがありますが、あれはまさにドストエフスキー自身の体験であり、実感なのです。

処刑場で兵隊が銃をかまえ、銃殺される直前に、馬に乗った伝令が駆けつけ、減刑が知らされます。ドストエフスキーはシベリアに流刑になります。

そうしてドストエフスキーは、シベリアの収容所で四年間を過ごしました。

## ミーチャのモデル

そのシベリアの収容所で、ドストエフスキーはドミートリー・イリインスキーという男と出会います。

地主の長男で、軍人で体格がよく、明るい性格で、遊び好きで金づかいが荒く、ついに借金で首がまわらなくなります。父親ともケンカします。

そんなとき、父親が殺されます。遺産目当てに殺したにちがいないと、彼が逮捕されます。

彼は無罪を主張しますが、父親殺しの罪で二十年の懲役となります。

なお、彼には婚約者がいて、彼の弟がその女性を愛していました。

ドストエフスキーは、彼の父親殺しの話が頭にこびりついて忘れられなかったそうです。

そのことを『死の家の記録』という本に書いています。

そして、なんと十年後に、このドミートリー・イリインスキーは無罪だったことが判明するのです！　真犯人は、彼の弟でした。

こういう事件が現実にあったのです。

なお、この本では「ミーチャ」とのみ表記していますが、これは愛称で、ミーチャの本当の名前は「ドミートリー」です。

## 実話と経験とフィクションのかけ算

ドストエフスキーはシベリアの収容所でさまざまな囚人たちと出会います。そのことを兄への手紙で、このように書いています。

「強盗犯人の間にも、私はついに人間を、真の人間を、心底から力強く、美しい性格を、見いだしました。（中略）なんと驚嘆すべき人間タイプを私は牢獄で観察し得たことでしょう！　私はかれらの生活を生き、しかもかれらをよく知ったことを、誇りに思っています。（中略）これをみな書いたら、何冊本ができるかわかりません。なんと並外れた人たちでしょう！」（上田進・訳、三笠書房『死の家の記録』の「解題」より）

ドストエフスキーは収容所での経験から『死の家の記録』を書き、さらに『地下室の手記』で新たな作風を確立し、『罪と罰』『白痴』『悪霊』『未成年』『カラマーゾフの兄弟』という五大長編を書いていきます。

最後の作品である『カラマーゾフの兄弟』には、彼の父が殺された事件、収容所で出会ったドミートリー・イリインスキーの父親殺しの冤罪《えんざい》事件という、二つの実際の殺人事件、そして彼自身の銃殺刑や流刑や持病などの体験が生かされています。

『罪と罰』なども実際の殺人事件が下敷きになっていますが、犯罪者たちといっしょに暮らした経験に裏打ちされたドキュメンタリーな側面と、もともとの豊かな想像力との結合こそが、ドストエフスキーの作品がとんでもない迫力と魅力を持っている理由ではないかと思います。

## シャーロック・ホームズより七年も早い

『カラマーゾフの兄弟』は、一八七九年に雑誌に連載され、一八八〇年に本が出版されました。

シャーロック・ホームズシリーズの最初の作品『緋色の研究』が書かれたのが一八八六年で、発表されたのが一八八七年です。

つまり、『カラマーゾフの兄弟』のほうが、シャーロック・ホームズシリーズより、七年も早いのです。

そう考えると、『カラマーゾフの兄弟』がミステリーとしてもよくできているのは、すごいことだと思います。

なお、『カラマーゾフの兄弟』をミステリーとして考察した本に、高野史緒・著『ミステリとしての『カラマーゾフの兄弟』――スメルジャコフは犯人か?』(東洋書店)があります。さらに、ミステリーとしての続編、高野史緒・著『カラマーゾフの妹』(講談社文庫)は、江戸川乱歩賞の受賞作です。

ドストエフスキーは、後のミステリーにも大きな影響を与えています。たとえば、『刑事コロンボ』のコロンボ警部のキャラクターは、ドストエフスキーの『罪と罰』のポルフィーリィ判事がモデルだそうです。

ちなみに、コロンボ警部は本当は警部補ですが、『カラマーゾフの兄弟』のイポリート検事も本当は検事補です。まあ、これは偶然でしょうが。

さて、ミステリー・カット版の『カラマーゾフの兄弟』、ミステリーとしてのあなたの評価はいかがでしょうか?

こうした本への賛否はもちろんあるでしょうが、とにもかくにも、ドストエフスキーへの、『カラマーゾフの兄弟』への、入口のひとつになれたら幸いです。

僕もこれまで実にいろんな本を読んできたけれど、
いちばんすごい本というと、
この『カラマーゾフの兄弟』を
あげないわけにはいかないと思います。
ほんとうに深い深い井戸の底から
まぶしい光を見上げているような、
絶望と救いの絶え間のない交換があります。

村上春樹　『スメルジャコフ対織田信長家臣団』朝日新聞社

## 著者紹介

### フョードル・ミハイロヴィチ・ドストエフスキー

1821—1881　ロシアの小説家。15歳のときに母が病死。17歳のときに父が殺される。1846年の処女作『貧しき人びと』が絶賛されるが、その後は評価がどんどん下がる。政治活動に関係して逮捕され、銃殺刑になる直前に減刑され、シベリアの収容所で四年間を過ごす。その経験から『死の家の記録』を書き、『地下室の手記』で新たな作風を確立し、さらに『罪と罰』『白痴』『悪霊』『未成年』『カラマーゾフの兄弟』という五大長編を書く。

## 編訳者紹介

頭木弘樹（かしらぎ・ひろき）

文学紹介者。筑波大学卒。大学三年の二十歳のときに難病になり、十三年間の闘病生活を送る。そのときにカフカの言葉が救いとなった経験から、『絶望名人カフカの人生論』（新潮文庫）を編訳。さらに『絶望名人カフカ×希望名人ゲーテ——文豪の名言対決』（草思社文庫）を編訳。監修書に『マンガで読む　絶望名人カフカの人生論』平松昭子（飛鳥新社）。著書に『カフカはなぜ自殺しなかったのか？』（春秋社）、『絶望読書』（河出文庫）。アンソロジーに『絶望図書館——立ち直れそうもないとき、心に寄り添ってくれる12の物語』（ちくま文庫）、『絶望書店——夢をあきらめた9人が出会った物語』（河出書房新社）、『トラウマ文学館——ひどすぎるけど無視できない12の物語』（ちくま文庫）。ラジオ番組の書籍化に『NHKラジオ深夜便　絶望名言』（飛鳥新社）。NHK「ラジオ深夜便」の『絶望名言』『絶望名言ミニ』のコーナーに出演中。

ミステリー・カット版　**カラマーゾフの兄弟**

2019 年 3 月 20 日　初版第 1 刷発行
2023 年 2 月 28 日　　　第 2 刷発行

著　者＝ドストエフスキー
編訳者＝頭木弘樹
発行者＝神田　明
発行所＝株式会社　春秋社
〒 101-0021　東京都千代田区外神田 2-18-6
電話（03）3255-9611（営業）・（03）3255-9614（編集）
振替　00180-6-24861
https://www.shunjusha.co.jp/
印刷・製本＝萩原印刷　株式会社
装　丁＝岩瀬　聡
カバー写真＝ Damian Palus/Shutterstock


Printed in Japan, Shunjusha.
ISBN 978-4-393-45503-6　C0097
定価はカバー等に表示してあります

頭木弘樹
# カフカはなぜ自殺しなかったのか？
弱いからこそわかること

二〇世紀最大の作家は、人生の折々で死を考えつつ、どのように人生を全うしたのか。日記と手紙を手がかりに、弱くあることの意味を再考する。現代人へのヒントに満ちた一冊。

1870円

川本三郎
# 「それでもなお」の文学

文学は生のはかなさをどのように描いてきたのか。坂口安吾から中島京子、山川方夫まで、日常の細部に根ざした「小さな言葉」で悲しみを語った作家と作品をたどる、珠玉の文芸評論。

2200円

池内　紀
# 東海道ふたり旅
道の文化史

「東海道五十三次」を水先案内にして、長年旅を続けてきた著者が、社会、経済、歴史、技術、芸能、風俗などあらゆる視点で道をながめた、珠玉の文化論。カラー図版多数。

2200円

赤坂憲雄
# 日本という不思議の国へ

モラエスからアレックス・カーまで日本と縁を結んだ7人の紀行・文芸作品に描かれた日本とは。失われた生活風景、文化を照射し、私たちの自画像の再考を迫る一冊。

2090円

王　欽
# 魯迅を読もう
〈他者〉を求めて

中国近代文学の第一人者にして、多くの人がその名を知っている魯迅の作品を読む。広範囲に及ぶ文学の知識や素養を踏まえながら、今こそ問うべき「文学の意義」に迫る。

2860円

▼価格は税込（10％）